行走的年代

蔣韻

情不知所起，一往而深，生者可以死，死可以生。

——湯顯祖

隱祕而盛開的歷史
——蔣韻《行走的年代》

王德威

有沒有這樣一種銘刻一代中國人從文革到九十年代的方式？

那是「四點零八分的北京／一聲尖厲的汽笛長鳴」（食指〈四點零八分的北京〉）；是「相信未來！」（食指〈相信未來〉）；是「黑夜給了我黑色的眼睛／我卻用它尋找光明」（顧城〈一代人〉）；是「當天底反轉過來／我被倒挂在／一棵墩布式的老樹上／眺望」（北島〈履歷〉）；是「開頭把我灼傷／接著把我覆蓋／以致最後把我埋葬。」（韓東〈明月降臨〉）；是「傷害　玻璃般痛苦」（翟永明〈十四首素歌〉）；是「我的痛苦變為憂傷／想也想不夠，說也說不出」（舒婷〈雨別〉）；是「我不相信」（北島〈回答〉）。

那是一個動盪的時代，充滿粗礪而狂暴的喧囂。也是一個浪漫的時代，有著一切不可能都變成可能的憧憬，和一切可能都變成不可能的悵惘。這個時代的年輕人上山下鄉、改革開放，走向廣場時已經微近中年。他們的經驗如此曲折，以致混淆了天真和世故，青春和滄桑。驀然回首，他們驚覺曾經那麼明明白白的歷史其實如此難分難解。只有詩吧：以其隱祕，以其深情，才能訴說出這個時代的壯麗與悲傷。

《行走的年代》寫的就是這樣一個故事。故事的底綫與其說是一代人苦澀的成長，更不如說是一種稱之為「詩」的東西的滋生和隕滅。作者蔣韻是大陸資深作家，在海外也許不如同輩的王安憶、殘雪知名，但以創作的細膩和對現實的反思而論，她的地位不容忽視。蔣韻自己就是在文革中成長，也親歷八十年代的大改變。她過去的作品已經一再嘗試記錄這段經驗，像是《我的內陸》，《隱祕盛開》等。但她所要抒寫的那種情緒一直隱而不發。是在《行走的年代》裡，這股情緒終於噴薄而出，不由得我們不為之感動。

《行走的年代》設定在八十年代初中國北方的一座小城。大學中文系四年級女生陳香熱愛文學，「崇拜一切和文學有關的事物。」有一天，一個名叫莽河的詩人來到小城。莽河沒有什麼名氣，它不是北島、江河，也不是後來的海子、西川。不過在那樣一個浪漫的年代裡，「這就夠了。」

蔣韻告訴我們，上個世紀的八十年代「是一個遊歷的年代。」大江南北，長城內外，黃沙滾滾的鄉村路上，破爛骯髒的長途客運車裡，總有一個年輕的詩人和你不期而遇。詩人臉色蒼白，長髮披肩，憂鬱寡歡，但「眼睛總如孩子般明亮。」詩人風塵僕僕，足跡所到之處，詩情汩汩湧出：天地、黃河、母親，棄兒、流浪、憂傷……。

對文藝青年陳香來說，莽河何止是個詩人，他「太像一個詩人了。」他們有了一夜情。兩天後，莽河離開小城，渺無蹤跡。兩個月後，陳香匆匆嫁了一個離過婚的男人，然後生下一個雖說不足月，卻是壯實無比的早產兒。

即使在小說的頭兩頁裡，我們已經感覺出蔣韻淡淡的嘲諷。陳香和莽河的邂逅不是個別的故事。有多少莽河們在中國行走，就有多少陳香們為之傾倒。他們的起承轉合如此似曾相識，只能讓我們發出莞薾的微笑。然而蔣韻的目的並不只是嘲諷。她明白哪怕在最膚淺的生命故事裡，也可以有真情流露。她毋寧是抱著哀矜勿喜的態度，看著筆下這群才子佳人跌跌撞撞的走過新時期。

詩是啟動這一切悲喜劇的媒介；蔣韻要問的是：詩何以曾經有這樣的魅力？在我們這個時代裡，詩還可能麼？這樣的問題主導了《行走的年代》的辯證性。原因無他，蔣韻關心的是詩，寫的卻是小說。如何處理抒情和敘事之間的張力是她著墨最深的地方。

在小說中，嫁了人的陳香日子過得無比平凡。但日常生活的平靜不能掩飾家庭女主人躁動的心。另一方面，從小說的第二章開始，詩人莽河又出現了。他不能安於現狀，他要遊蕩。「從平庸的日常生活中出逃，那是詩人的本質。」蒼蒼莽莽的黃土地上，詩人漫遊著，從陝北到晉北，米脂、朔縣、右玉、平魯、雁門關、殺虎口，彷彿只有那些最遙遠的老城、最寒涼的邊塞，才能暫時虜獲詩人放蕩不羈的胸懷。大漠的風沙從漢唐吹來，詩人且行且吟，有如千百年來在路上的騷人墨客。

當然，詩人必須戀愛。莽河巧遇從事尋根研究的葉柔，一見鍾情。兩人盤桓在邊城遺跡之間，文明的廢墟和始原的激情相互見證彼此的力量。這段戀情的高潮是兩個人相約徒步走向內蒙大草原。朔北高原上星垂平野，月印萬山，我們看到兩個渺小的影子依偎前進，就好像一路要走到地老天荒。「那是他們永恆的蜜月。」這一場景輕易成為《行走的年代》最動人的部分。

但是且慢，故事到這裡是不是也太煽情了？我們不曾忘記困在小城裡的陳香每天是用什麼樣的心情過日子。葉柔一步一步所走向的，豈不就正是陳香可望而不可得的幻想？蔣韻的敘事來回在兩條綫索間，隱隱透露出一種不安。但在這不安爆發出來之前，我們已經可以看出蔣韻的用心。她儼然用對位手法將同一個（或同一類型）的愛情故事說了兩次，並賦予不同結局。陳香和莽河，葉柔和莽河，都是萍水相逢，都是因為詩產生電光石火的激情。這激情摧枯拉朽，竟讓他都有了生死與之的絕決。

葉柔與莽河情到濃時，不禁賞嘆湯顯祖的名言：「情不知所起，一往而深，生者可以死，死可以生。」可就在兩人纏綿悱惻之際，故事急轉直下。某夜葉柔突然大量內出血，竟因此不治。

這是蔣韻下的重手。情到深處，生者可以死——但是死者真可以生麼？眼看的好事成雙原來敵不過生命現實的局限。人生到底不是《牡丹亭》。但葉柔的死於青春還是夠浪漫的；作為說故事者，蔣韻不能就此罷手。有一天，陳香在書店看到一本新詩集《死於青春》，作者署名莽河。她翻到扉頁，赫然看到「一個陌生的男人坐在城牆上，凝視前方。一個陌生的，從沒有見過的男人。」

陳香——還有作為讀者的我們——這才被擊中要害了。

陳香在書店裡發現詩人莽河的一幕是《行走的年代》最關鍵的部分。她怎麼樣「看」這件事，讀者應該自行發現。堅守現實主義敘事的讀者也許要說這樣的安排過於巧合，我卻以為蔣韻自有她的道理。在最簡單的層次上，陳香的「識人不明」反映了八十年代初期的物質歷史情況。在那樣閉塞的小城裡，在資訊和影像爆炸時代降臨的前夕，熱愛文藝的陳香的確可能沒有機會，甚至未必在乎，一睹詩人的廬山真面目。更重要的是，詩的流傳原本靠的就是口耳和文字所產生的想像。用班雅明（Walter Benjamin）腔來說，詩是最純粹的藝術，是靈光顯現的結晶。

所以當陳香看見詩人、恍然大悟的一刻，她的震撼不應該只是簡單的被騙了。這個時刻之所以驚心動魄，更因為投射了陳香一代人的知識閾域的巨變。我們是不是可以這麼說，在此之前是心心相印、有詩為證的世代；在此之後是一覽無遺、眼見為憑的時代。「黑夜給了我黑色的眼睛／我卻用它尋找光明。」儼然有了光亮，一切都可以看清楚了。歡迎來到「新啟蒙時代」。

但果真是如此麼？蔣韻的故事從這裡開始才更耐人尋味。蔣韻多年前曾寫過一本精緻的自傳小說集《我的內陸》，講述自己少女時代的經歷。文革中儘管標語口號鋪天蓋地，也不能壓抑一顆顆青春抒情的心。有一天一個名叫李娟的女孩朗誦〈相信未來〉，聲稱是她自己寫的。十五歲的蔣韻深深感動了，從此熱愛文學。這也是蔣韻認識食指——文革中最受歡迎的地下詩人——的開始，「但那個時候他以『李娟』的名義出現。」蔣韻寫道：「多年之後我知道了真相……可我仍然要為此感謝李娟，是她，在我最迷惘最憂傷最盲目的日子裡，把這樣一首詩帶進了我的生命之中。」1

這不正是陳香和冒牌詩人「莽河」的故事原型？蔣韻要說的是，這樣的故事無關欺騙，反而更顯示出那個年頭叫「詩」的語言神祕的穿透性和隱喻性。詩啟動了想像的循環，讓任何被觸動的人都傾心以對。或更進一步，詩不迷人人自迷。陳香需要的未必是莽河；就算正牌的莽河其實也已經是個二流的、人云亦云的詩人。陳香尋找的是像莽河那樣作為言說象徵的一個「詩人」。日後陳香寫信給兒子，提醒他：「你身上流著詩人的血。詩人，他們是一群被神選中的人，你不能用世俗的標準來衡量他……我更希望你能擁有一顆詩人的心……這是一生我所羨慕的事。」

陳香的對手葉柔何嘗不是如此。她原本拒絕莽河的愛，因為「莽河，我怕我自己，我怕我會不顧死活地去愛你，迷失本性的愛你！……我也不是瘋狂的、浪漫的女人，可是我為什麼做了這麼瘋狂的事？……我怕你，莽河，因為你是詩人。」這樣的告白算得上歇斯底里了，但這也可能是蔣韻用心所在。情到深處，陳腔濫調也有了肺腑之言的況味。羅蘭．巴特（Roland Barthes）不早就告訴我們，「在愛情這個癡迷的國度裡，言語是既過度又過少，過分（由於自我無限制的膨脹，由於情感泛濫）而又貧乏（由於種種規約、慣例，愛情使言語跌落到規約、慣例的層次，使它變得平庸）。」2

詩的魅惑力量還不止於兩性之間。莽河在流浪的路上結識了仰慕他的青年洪景天。兩人一見如故，感動之餘，莽河為洪即席賦詩。這改變了後者的生命。原來偏安在晉北小城的青年突然有了大志，最後拋棄了工作和未婚妻追隨莽河而去，無怨無悔。

蔣韻的書寫一方面游走在濫情感傷的邊緣，一方面始終維持著警醒和反諷。她明白詩歌時代的純粹性和表演性，脆弱感和殺傷力，總是一體兩面。來往其間，她有太多感觸，因

1 蔣韻，《我的內陸》（台北：麥田出版，二〇〇一），頁八五。
2 羅蘭巴特，《戀人絮語》，汪躍進，武配榮譯（台北：桂冠出版，一九九四），頁九七—九八。

為《行走的年代》就是她的年代，她曾經親身參與其中的悲歡和曖昧。多年以後回顧所來之路，她明白自己就可能是陳香，是葉柔，是洪景天，甚至莽河。在那因詩而起的洪流中她只是倖以身免，得以回來告訴我們她的同伴們的故事。

蔣韻最終要寫的是那個時代浪漫和現實糾結下的狂喜和傷痛，還有事過境遷後留下的巨大的空虛。我們可從這裡延伸出拉崗（Jacques Lacan）式的詮釋，見證詩所指涉的「真實」或「真相」的內核其實是不堪聞問的黑洞，正所謂「不知所起，一往而深」。作為一種語言形構的外物，詩折射欲望者的嚮往，帶來不明所以的滿足，也同時顯現終極意義的匱乏。[3]我們也可以延伸出德勒茲和瓜達利（Gilles Deleuze & Félix Guattari）式的詮釋，把詩看作是啟動欲望機器的訊號，促使主體不斷逾越、逃逸，「行走」在語言無盡可能的裂變裡，形成極不穩定的、具有革命能量的「遊牧主體」（nomad subject）。[4]

這些詮釋不應該只視為理論的附會而已，因為有蔣韻的文本和個人經歷作支撐。尤其當我們將《行走的年代》再放回歷史語境裡，我們驚覺蔣韻有意無意的將她有關詩的故事化為隱喻，用以烘托出一個時代的「感覺結構」。詩是什麼？是文字符號的幻化、也是深情的印記，是革命、也是烏托邦，是行動的歷史、也是虛空的虛空。而我們記得當年讓「四海翻騰、五洲震蕩」的國家領導人也是個最浪漫、最被傳誦、最讓千萬人欲仙欲死的詩人。

《行走的年代》在結構上以陳香發現莽河的真相作為轉折點。小說的後半部幾乎像是為前半部非死即傷的故事收拾殘局。跨過了八十年代末的風雨，故事來到世紀末。告別行走的衝動，定下來過日子纔是硬道理。經濟大潮排山倒海而來，有多少人能夠招架得住？

蔣韻要說的是，那些曾經滄海的詩人和愛詩人畢竟沒有全然絕跡。只是他們現在紛紛潛入地下；他們像敵後工作者一樣改頭換面，韜光養晦，只有給對了通關密語，才突然現身。人是不可以貌相的，你的眼睛所看到的未必就是真相。

這使上述的詩與敘事的辯證性有了新的轉折，也讓小說繼續引起我們的興趣。陳香看見莽河後陷入長期憂鬱，但她熾烈的欲望只有變本加厲。她的日子表面平穩，心裡卻越來越「不安於室」。她的丈夫是個好人，但不是個詩人。我們的後社會主義的「包法麗夫人」（Madame Bovary）仍然在尋尋覓覓。陳香的堅持最後導致離婚，而且釀成更大的悲劇。

蔣韻也告訴我們莽河在葉柔死後繼續行走，而且走到了俄國，成為單幫客。莽河的冒險，坦白說，寫得並不能讓人置信。但蔣韻顯然覺得就像寫黃土地上的遊蕩一樣，不作如此鋪排，就不足以為詩人的蛻變和不變找到承接點。她也有意藉此突出小說前半段所埋下的伏

3 當然在中國六十到九十年代的語境裡，最好的詮釋途徑是經由齊澤克（Slavoj Žižek）根據拉崗理論作的政治解讀。參考如 Slavoj Žižek, *The Sublime Object of Ideology* (London: Verson, 1997)。

4 Gilles Deleuze and Félix Guattari, *Anti-Oedipus : Capitalism and Schizophrenia* (New York: Penguin, 1980).

筆——洪景天。這個年輕人拋棄一切追隨莽河來到異鄉，與其說是為自己找出路，更不如說是為了愛戀莽河。他終於為莽河而死，也成全了最後的詩意。

莽河然後成為大土地開發商，從「詩人」變成社會「成功人士」。這是蔣韻對她的時代最無奈的抗議了。但就像前面所說的，蔣韻的描寫又不止於浮面的諷刺。莽河為最新的建築案宣傳為「面朝大海，春暖花開」。這當然指的是青年詩人海子（1964-1989）所留下的最膾炙人口的一首詩。海子在一九八九春天臥軌自殺，他的死被公認是中國八十年代結束最具象徵意義的事件；海子之死就是詩人之死。

莽河（或蔣韻）選用「面朝大海，春暖花開」，充滿曖昧意義。海子的憧憬和死亡被奇異的轉化成為一個品牌。作為一個投資案，「面朝大海，春暖花開」成為含有誘惑性的命名式，就此莽河已經不知不覺地協助了當代中國欲望經濟的轉型。曾幾何時，行走的年代已經被安居樂業、宜室宜家的年代所取代。過去因「匱乏」所建構的主體欲望，或從「流浪」所投射的反抗意識，已經化為「以空作多」、利上滾利的市場美學。

但蔣韻還是要說，不論動機如何，莽河對自己的「前世」仍有不能自已的鄉愁。他的那些一起從六十年代走過來的客戶是否也感同身受？在市儈的最底層，詩人的幽靈仍然蠢蠢欲動。「面朝大海，春暖花開」就算是商業炒作，也有了不請自來的招魂意義。

是在這樣的前提下，《行走的年代》來到最高潮。因為「面朝大海，春暖花開」的輾轉牽引，莽河知道了陳香的存在。這真是詭譎的經驗。兩個人如此陌生，卻又如此熟悉。因為詩，因為詩人的名字，他們的生命彷彿早就糾纏在一起了。經過了世紀末的滄桑，他們的存在已經成了肉身的「斷井殘垣」。小說上半部描寫熱戀中的莽河和葉柔在晉北邊城廢墟間的行走，這纔有了對照意義。時間摧折生命、文明與感情的力量，可以如是！《行走的年代》因此不妨當作是後文革世代「情的考古學」來閱讀。陳香和莽河最後想不想見面，或會不會見面，這裡要賣個關子。可以說的是，蔣韻引用湯顯祖的那句名言，「情不知所起，一往而深，生者可以死，死可以生」在在令人玩味。

《行走的年代》最後還是將讀者拉回到詩與敘事的辯證關係上。一般認為詩以象徵語言提煉生命經驗，將所有感官的震顫凝結於一刻，而敘事則一再提醒我們時間流程所必然帶來的生命裂變。蔣韻不是不明白這個道理，選擇以小說形式寫作就像決定了某種宿命。但是她仍然企圖用她的小說捕捉一些什麼。經過了行走的年代，蔣韻不甘心就此放下包袱。說穿了，她自己何嘗不就是一個詩的地下工作者，就著寫小說作掩護，發送訊號，找尋當年失散的同路人。

這些人應該也包括了一個叫吳光的年輕人。在《我的內陸》裡，蔣韻是這樣描寫他的：

他東奔西走，永遠行色匆匆，一會兒山南，一會兒海北，激動他的事物似乎永遠在遠方。他崇尚宏大的事物，比如史詩，比如河山，比如世界。它擁有某種使命感，這是很誠實的感情可同時又很危險。它必然要選擇轟轟烈烈，驚天動地，這就是一個浪漫主義者的結局。然後他就消失不見了。他和二十世紀八十年代一同消失。那是他的年代，最後的年代……九十年代不需要任何浪漫激情，不需要悲壯、崇高、不需要詩。[5]

這又是一個詩人莽河了，而今安在哉？詩人會回來麼？或應該回來麼？或以什麼樣的身份回來？為了這樣的疑問和憧憬，蔣韻幽幽的寫著《行走的年代》，她的一段隱祕而又盛開的歷史。

5 蔣韻，《我的內陸》，頁一〇一—一〇二。

目次

第一章　行走的年代

一、陳香和詩人

有一天，一個叫莽河的詩人遊歷到了某個內陸小城，他認識了一個叫陳香的姑娘，陳香是一個文藝青年，在小城的大學裡讀書，讀的是中文系，崇拜一切和文學有關的事物。莽河不是一個聲名震天的名家，不是北島、江河，也不是後來的海子、西川，只能算是小有詩名，不過這就夠了，在那樣一個浪漫的年代，一個小有名氣的詩人的到來，就是小城的大事了。

上世紀八十年代，是一個遊歷的年代，詩人們的足跡遍布大江南北，長城內外。在某個黃塵滾滾的鄉村土路上，在某個破爛擁擠污濁不堪的長途客車上，在一列逢站必停的最慢的慢車車廂裡，都有可能出現一個年輕的充滿激情的詩人。他們風塵僕僕，眼睛如孩子般明亮。那些遙遠純淨的邊地，人跡罕至的角落，像諾日朗、像德令哈、像哈爾蓋，隨著他們的足跡和詩，一個一個地，走進了喧嚷的塵世和人間。

陳香讀大四，面臨著即將到來的畢業考試和分配，可她還是參加了文學社的活動。那天，他們在汾河邊聚會，和詩人座談。詩人一下子就把陳香震住了。詩人說，我生在黃土高原，我要讓黃土高原發出自己的聲音。那時，陳香沒有看過《蘇菲亞的選擇》，不知道那是一種改頭換面的模仿。

然後，他熱血沸騰地為他們朗誦了他最新發表的長詩——《高原》中的一節：

也許，我是天地的棄兒
也許，黃河是我的父親
也許，我母親分娩時流出的血是黃的
它們流淌至今，這就是高原上所有河流的起源
……

太像一個詩人了。年輕的陳香激動地想。他披著長長的油黑的頭髮，臉色蒼白，有一種晦暗的神經質的美，眉頭總是悲天憫人地緊鎖著。他們有了一夜情，就在他借住的朋友的小屋裡。一群人，喝了太多的酒，酒使詩人情不自已。那是陳香的第一次。她懷了獻身的熱

忱，抖得像發瘧疾。他很溫柔。他溫柔地、憐憫地把這潔白無瑕的羔羊緊緊抱在自己懷裡，說道，「我的溫暖，我的靈感啊……」

陳香落淚了。

兩天後他離開了這城市，從此杳無蹤跡。他汲取了這城市的精華：愛、溫暖、永逝不返的少女的聖潔和一顆心。他帶著這新鮮的一切重新上路，再沒有回頭。這城市是他生命長旅中的一個驛站，他在這驛站中留下了一個故事，他卻永遠不會知道。

陳香在他離開後的那些日子裡，常常一個人去看河。她就是從那時起愛上了河流。她站在壩堰上，眺望汾河，河水只有渾黃的一條，但河床是寬闊的。防風林帶在她視線可及的遠處，綠得又端莊又單調。藍天、白雲、黃水，偶爾飛過的水鳥，她小小的祕密，就藏匿在這地久天長的、永不會開口的天水之間，眼淚會忽然湧上她的眼睛，又疼又甜蜜。她以為這一切將是天長地久的，那時，她不知道，有一天，這永恆的河邊景色會成為最幻滅、最傷痛的青春記憶。

兩個多月後，陳香畢業留校了，她以閃電的速度結婚，嫁給了一個和她一起畢業留校的學長。學長比她大八歲，有過婚史，幾年前離異。七個月後，兒子出生了，陳香的兒子，健康、結實、漂亮，哭聲又響亮又理直氣壯，一點兒沒有「早產兒」的孱弱：沒人會相信這是一個嚴重不足月的嬰兒。陳香把他抱在懷中，來探望的人們儘管心存疑惑，嘴裡卻說，「噢喲，小傢伙好命大，真壯實！」

要不就打圓場，「老話說得好，七活八不活嘛！」

陳香驕傲地、坦然地笑著，親著兒子的小臉，小鼻子，小眼，親著他嬌嫩的、小得不可思議的十個小手指頭，多奇妙啊，她感動地想，現在，你再也不能和我分開了，你就是人在天涯，也不能和我分離。她柔情似水的親吻大概使兒子感到了不耐煩，他突然一蹙眉頭，晃著小腦袋，那神情，幾乎就是某一瞬間的重現！她呆了一呆，忽然仰臉哈哈大笑，笑著，卻淚如雨下。

丈夫走過來，抱住了她。丈夫說道，「可憐的陳香……」

二、雕花拱窗

起初，人人都羨慕莽河的好運氣，能夠分配到那樣一個堂皇的學術機關中去。莽河自己也是高興的。

堂皇的學術機關，卻設在一個陳舊的小樓裡。那陳舊的程度令人驚詫。沒人說得清它是一個什麼樣的建築，灰磚，光禿禿粗鄙、醜陋的三層小樓，卻又有著鑲嵌了雕花石刻、拱形的、細長而精緻的窗戶，這使它的來歷頓時變得可疑，就像一個身分複雜的女人。走廊幽暗，狹長，永遠瀰漫著廁所的臭味。終年走在這樣的走廊裡，感到生活就像一塊濕答答的舊抹布，曖昧、不潔。

有雕花的拱形窗戶，細長到不合比例，嚴重影響了室內的採光。冬天，一到下午四點鐘就需要開燈照明。但這仍然是整座建築中唯一讓莽河喜歡的東西。他常常愛憐地、溫柔地望著它，心裡想，是因為什麼緣故讓它淪落到這裡來的呢？這垃圾山中的百合？比想像中枯燥百倍的、日復一日沒有盡頭的辦公室生涯，因為這樣的追問和聯想，變得似乎可以忍受。

並沒有發生什麼特別的、驚天動地的大事，他經歷的，是那個年代所有那些剛剛走出校門步入「社會」的年輕人都要經歷的東西：學習融入。上班第一天，他來得很早，坐在擁擠的角落裡他的辦公桌前，卻不知道應該拎著暖水瓶去鍋爐房打回開水。那天，去打開水的人居然是多年來沒有染指過辦公室雜事的科長，科長拎著飽滿的暖瓶走到他桌前，問他，「喝水嗎？」他居然一邊把茶杯遞上去一邊心無城府地回答說，「謝謝。」那一刻，一辦公室的人都饒有興味地旁觀了這貓對老鼠的戲弄。

就這樣，他在第一時間向大家展示了他的第一個缺點：沒有眼力勁，還有，傲慢。

漫長的八小時辦公時間，一屋子人，看報紙，喝茶，聊天，或是借機溜出去到附近的菜市場拎一網兜子蔬菜回來。辦公室生涯就像沿著軌跡運行的列車一樣周而復始，那一種平凡的單調是他不能忍受的。他常常一個人躲進資料室裡，看書，寫一些詩行。那是一間設在地下室裡的暗無天日的大房間，書架壁立，燈光昏暗，散發著故紙堆發黴的氣味。那一段時間，他覺得自己寫在紙上的每一個字都有一種可疑的蒼白，貧血，像一種他不喜歡的孱弱的菌類。這讓他心情晦暗，沮喪萬分。就在這時主任找他談話了，主任語重心長地說，「年輕人，我們這裡，不是作協，要記住，寫詩，不是我們的正業。」

主任是一個令人尊敬的學者，視學者的榮譽如同生命，他的話，有著不容質疑的正確。

後來，在許多的場合，這個學者都給別人講過那個著名的故事，抗戰時期，那個劉什麼教授，莊子專家，在日寇飛機橫空肆虐的時刻，質問跑向防空洞躲轟炸的沈從文，「你跑那麼快幹什麼？我為莊子跑，你為誰跑？」此刻，主任苦口婆心地想把這個文藝青年拉回正途。他從主任辦公室走出來，回到自己的辦公桌前，抬眼望著細長的優雅的拱窗，忽然一個聲音在他心裡響起來，是一個神祕的祈禱般的聲音，一下一下，撞擊著他，他整個身體像鐘一樣發出嗡嗡的震顫與共鳴，那聲音說，「走吧，走吧，走吧……」頓時，他眼睛潮濕了，他覺得是命運在和他說話。

那是一個節日的前夕，樓下院子裡，在分葡萄和帶魚，熱鬧，喧譁，喜氣洋洋。人人拎著帶魚和葡萄回到辦公室，一邊議論著各自手中帶魚的寬窄、葡萄的大小。忽然有人在下面吵起來，「憑啥給我這麼一堆破爛兒？這是叫人吃還是叫貓吃？——」是一個變了腔調的尖利的女聲。恐懼就是在這時一下子攫住了他，他想，我不要這樣的日子和人生。

然而，「不要」，不是一件容易的事。它折磨著他。他不能跟任何人吐露自己「不要」的決心，尤其是親人們。只要他略露一下口風，他們就罵他發瘋和作孽。「不要」這麼好的前程，他要什麼呢？他一天一天拖延著，猶豫著，掙扎著，就像一個被拷問的哈姆雷特。日子飛逝而過，一晃竟是數年。直到有一天，他去上班，聽人說，他們的舊樓房要重新裝修了，拱窗要被砸掉，擴寬，換上那種新式的塑鋼窗。他一愣，然後，笑了。

當天，他做出了一個地動山搖的舉動：遞上了一份辭職申請。

在一個安靜的晚上，他一個人來辦公室收拾自己的東西。日光燈管嗡嗡地輕響著，是靜的聲音，不知為何讓他想起正午時分陽光照耀下空無一人的公路。他默默打量著這間擁擠、雜亂、橫七豎八擠了四張辦公桌的斗室，心裡柔軟下來。一瞬間，他想，也許，不是沒有和解的可能，和凡俗的生活、瑣碎的日子和解，也許，這裡有一些祕密是他不知道的，卑微卻依然珍貴的祕密……他用手撫摸就要消失的拱窗，最後的拱窗，月亮懸掛在窗外，是一輪濛濛風塵中的圓月。「再見了，朋友！」他輕輕說，是對拱窗，或者，也是對這裡的一切。

走吧，走吧。到天國去吧。

地上，一定有一處教堂，在唱著這樣的頌歌。

三、陝北，你這大膽的女子

現在，陝北該出場了。這是莽河的故事開始的地方。

其實，陝北並不是他的目的地，他甚至說不清為什麼第一站要到這個叫「米脂」的地方，他本來是要到更遠的地方去的，比如，草原，比如，天山，但結果是，太陽快要落山時，他一個人站在了陝北米脂的街頭。米脂很安靜，很空曠，黃昏的憂傷和小城的寂寥一下子就穿透了他的身體。

他想起了那句人人都知道的民諺，「米脂的婆姨綏德的漢」。他還想起了一句不那麼為人知的詩，是黃河對岸一個叫呂新的人寫的，「陝北，你這大膽的女子，還沒有結婚，就生下了米脂……」他微笑了，他想，多情的地方啊。

他沿著空曠的大路走，看著太陽在前面一點一點墜入旱原。太陽沉沒的那一瞬間，他找到了一家小客棧，是那種窯洞式的屋子，青磚蓋臉，深而長，卻沒有炕，裡面前前後後支了四張鋪板，房錢很便宜，被褥也乾爽。他選了最角落裡的一張，放下了背包。老闆笑著對他說道，「對著哩，在家靠娘，出門靠牆。」又說道，「沒別人，想咋睡都行。」

他也笑了，說，「行，我前半宿睡這張，後半宿睡那張，換著睡。」

「就你一人睡？」老闆笑著問，「不恓惶？」

他怔了一怔，聽懂了那弦外之音，「那可不，出門時我媳婦交代了，路邊的野花你不要採。」

那不是他媳婦，那是鄧麗君。他想。

旅館不賣飯，他洗了把臉就出去尋找吃晚飯的地方。太陽落山了，街上幾乎沒有行人，但是空氣中瀰漫著飯香，這使寂寥的小城有了人間的氣息。他走進了臨街的一家小飯鋪，裡面支著三四張木桌，撲面一股奇異的酒香，有客人在喝酒。他想起聽人說過，米脂這地方，出好米酒。

他在臨窗的桌前坐下。米酒的濃香和這昏暗的小店不知為何讓他想起水滸裡好漢飲酒的那些酒家。他幾乎想高聲大喊，「篩酒來——」顯然，這是家私營小店，他剛落座，老闆娘就笑吟吟麻利地站在了他面前，問道，「客人吃啥？」

是一個矮矮胖胖的女人，很壯實，沒有出眾的姿色，但眉眼乾淨，皮膚白皙，有著家常的溫暖和好看，米脂的婆姨。他笑了，說道，「你有啥？」

她指了指身後的牆。

牆上，掛著一塊小黑板，菜譜就一五一十寫在黑板上。

「我這裡的驢板腸，米脂人都說好，」她補充了一句，「老湯滷煮，祖傳祕方。」

驢板腸是米脂的名小吃，似乎也聽人說起過。還聽人說過這樣的話，「天上龍肉，地下驢肉。」在北方，很多人喜歡吃這一口。既然米脂人都說好，看來是來對了地方。他望著老闆娘溫暖乾淨的臉，願意相信她的話是真的。

「好，切盤驢板腸，篩半斤米酒。」

酒菜上來了。酒果然是本地自釀的米酒，醇香清冽，盛在一只粗陶大碗中。他端起碗來就是一大口，嗆的他咳嗽。驢板腸也是香脆的，滷出了綿長的滋味。他想，不錯，這是一個美好的夜晚。他大口大口喝酒吃肉，一個聲音忽然在耳邊響起來，「外鄉人，這米酒可是有後勁的。」

他一抬眼，桌前立著一個人，女人，一個姑娘。牛仔夾克，馬尾辮，鮮豔的嘴唇，在昏黯的燈光下有如暗夜中幽香浮動的花朵。他望著她笑了。原來，他在這樣的一個黃昏走進這樣的一家小店，不是沒有緣故的。

「你也是外鄉人吧？剛才你是不是一個人坐在角落裡？我邀請你共進晚餐，可以嗎？」

他借著酒勁蓋臉，這樣說。

她剛要開口說話，他打斷了她，「別說你已經吃過了——吃過了，就坐下來，一塊兒喝兩盅米酒，這總行吧？看在我們都是外鄉人的分上。」

她笑了，是那種非常安靜的笑容，知識女性身上很難看到的那種天然的、宿命的安靜。她坐下了，說道，「好吧，不過，我沒酒量——老闆娘，給取個酒盅。」

酒盅取來了，斟滿了，她端起來，對他說道，「糾正你一下，我不是外鄉人，米脂是我老家。」

他上上下下打量了她一番，點點頭，「明白了，你是來尋根的。」

她又安靜地一笑，「算是吧。」

「中文系大學生？」

「不，社會學系的，」她回答，「黃河對岸，南邊師大的，聽過你講座，莽河老師。」

「你？認識我？」他差點被一口酒嗆住，驚訝地瞪大了眼睛。

她沒有馬上回答，濕潤而狡黠地笑著，忽然開口念道，「也許，我是天地的棄兒／也許，黃河是我的父親／也許，我母親分娩時流出的血是黃的／它們流淌至今，這就是高原上所有河流的起源……這是你的名片，莽河老師。」

「哦——」莽河太得意了，「你可別對我說，『天下無人不識君』！」

「那是李白，不是您。」她笑著回答。

他突然哈哈大笑。是啊是啊，那是一千多年前的李白，不是他。不過已經夠了，一個跨過黃河來尋根的米脂姑娘，在這地老天荒的小城，在黃土高原渾厚的腹地，認出了一個漫遊的落拓詩人，他的詩是他們相互辨認的暗語。這樣的奇遇，只能發生在那個浪漫的年代，天真的年代。

他收斂了笑容，鄭重地起身，朝她伸出了右手，「請允許我介紹我自己：莽河，寫詩的無業遊民，這是我最新的身分——」

她握住了他的手，說道，「葉柔。」

世界忽然沉入博大無邊的寧靜之中。

葉柔住在縣招待所。

葉柔不是一個大學生，她是一個研究生，為了自己的論文在做一項田野調查，那是一個有關遷徙的題目——歷史上的走西口。出發前，她特意繞道陝北回到了自己從未回過的老家，不用說，這個「文藝青年」是受了方興未艾的「尋根文學」的誘惑：米脂，歷史上的銀州，這從未謀面的家鄉，突然之間向她呈現出了審美上的意義。

他送葉柔回住地。米脂城睡了，昏黃的幾盞路燈穿不透整座小城和千山萬壑間的漆黑。月亮是一牙細細的眉月，而星星則亮得像是要從天上滴落下來，幾乎能聽到那滴落的聲音似

「——」

的。路很短，不足二百米，葉柔說，「謝謝你送我，還有你的酒。」他說，「不用謝——」他看著她的身影被漆黑的院子吞沒，心裡一陣惆悵。

那一夜，他失眠了。

他想，原來，神差鬼使莫名其妙讓他來到陝北，是為了讓他遇到一個好姑娘。

第二天一早，葉柔就跑來邀他去縣招待所吃早飯。她為他買好了飯票。葉柔站在小客棧的院子裡，清新的像一株帶著露水的仙草。葉柔說，「請你喝小米粥。米脂的小米可是聞名天下的。」莽河笑了，說，「好。」

那一頓早飯，是莽河此生吃過的最難忘的美味。小米糕、小米粥、簡樸的點了一點香油的鹹菜，糧食珍貴樸素的香味，被土地孕育滋養出的醇厚和芬芳，還有，太陽的暖香，使他在吞嚥時第一次像個耕作者一樣感受到了大地的仁慈。粥面上，凝結著一層厚厚的油脂，據說那就是「米脂」的由來。多好，他想，這名字裡有恩情。

飯後，葉柔說，「你願不願意和我去個地方？」

他太願意了，眉開眼笑，不過嘴裡卻這樣說，「我就知道這世界上沒有白吃的午餐。」那是出銀州鎮，沿無定河向南，在銀州鎮和十里鋪之間，有個叫「葉家圪嶗」的村莊。那是個只有幾十戶人家的小山村，家家都住窯洞，村外是層層梯田。春耕的時節，陽光燦爛，村莊顯得格外安靜。

從前，村西頭，土崖下，有戶小小的莊戶院。三眼一炷香土窯，一明兩暗，那就是葉柔父親出生的老窯。父親十幾歲離家，參加了八路軍，十多年後進城，回來接走了葉柔的奶奶，從此再也沒有返鄉。起初，那窯洞還有個孤寡的親戚住著，照看著，後來那親戚過世了，莊戶院就一天一天荒蕪下來，長滿沒膝深的雜草，成了蛇鼠的天堂。但是土窯還在，沒了門和窗，裂著大縫，縫裡搖曳著去年的枯草，但是仍舊堅持地站在那裡。窯頂崖頭上，一棵棗樹，在陽曆四月的春風中，剛剛甦醒，爆出米粒大的小芽。當這兩個「尋根」的年輕人步行八里路趕到葉家圪嶗時，看到的就是這樣一幅情景。

太陽真好。

陝北的天空，瓦藍瓦藍，那是他們從沒見過的純粹而高遠的藍天，遼闊無邊的善良，靜謐、安祥、尊嚴，這樣的天空是對最卑微、艱辛的生存的一種補償吧？莽河望著藍天下搖搖欲墜的土窯這樣想。

葉柔久久默不作聲。

她抬起了臉，眼睛裡有淚光，她仰臉向著萬里無雲的天空突然叫了一聲，「奶——，我回到你說的老家了……」

嘩啦啦啦，從原上吹過一陣風，滿院的荒草一陣亂響。

陪他們來的是一門遠親，出了五服的一個哥哥，成鎖哥。說是哥，年紀卻比葉柔大許多，是五十幾歲的人了，還記得葉柔的奶奶，叫她「六奶」。

「六奶埋在啥地方？」成鎖哥問葉柔。

葉柔搖搖頭。奶奶的骨灰，至今存放在殯儀館骨灰堂裡，存放在她最終也沒有視為家鄉的那所客居之城，還沒有入土。

「入土為安哪。」成鎖哥說。

他們在成鎖哥的帶領下離開了荒窯，朝村裡走去。剛剛走出十幾米遠，只聽身後「轟隆」一聲巨響，他們吃驚地猛回頭，只見鳥雀狂飛，煙塵衝天而起，荒窯坍塌了。葉柔驚訝地望著轟然倒塌的祖居——原來這麼多年它一直支撐著、堅挺著、等待著，堅挺著等著她的到來，等著和一個親人，一個血親最後告別。

她淚流滿面，朝著坍塌的荒窯，打斷骨頭連著筋的老家，撲通一聲跪倒在地。

四、窯洞之夜

那天他們就留在了葉家圪嶗。

太陽落山前，他和她就一直坐在一面土崖上，俯瞰著她的村莊。鮮黃的原，鮮黃的土崖，瓦藍的天，世界純淨到就只有這兩種顏色，世界之初的顏色。他們安靜地坐著，聽那些自然的聲音，風聲，蟲聲，鳥鳴，草葉的細語，牛哞，和遠近的狗吠，他覺得心很靜。

葉柔的聲音也是靜的，「你老家在哪兒？莽河老師？」

「叫我名字，」他回答，「我不習慣人家叫我老師。」

「你老家在哪兒？莽河？」

「我出生的城市就是我的老家，」他回答，「我父親、爺爺，三代人都出生在那兒。我老爺爺、爺爺都是商人，到了我父親，解放了，公私合營了，就成了商業局下屬公司的一名職工，」他笑起來，「有時候，我想，我怎麼可能成為一個詩人呢？我從頭到腳，流的都是商人的血。」

「你已經是詩人了。」葉柔說。

「可我懷疑自己，我是不是真有一個詩人的靈魂？會寫幾行詩未必就是一個真詩人，」他凝望著鮮黃的原、安靜的小村落，緩緩說道，「也許就是因為我懷疑，所以，我才要迫不及待地去證明什麼，我才要逃跑，從平庸的日常生活中出逃，那是因為我害怕真相——是不是這樣？」

「從平庸的日常生活中出逃，那是詩人的本質。」葉柔這樣回答。

「你給了我一個好理由，」他笑了，「你是個善良的好女孩兒，可是你知道嗎葉柔，這代價也太大了，我把我爸都氣病了，高血壓，住了醫院……我爸說，我要是不回去上班，他就和我斷絕父子關係，不認我這個兒子了。」

「真的？」

「他出院那天，我給他磕了一個頭，就這麼走了……其實我心裡挺不是滋味的。」

葉柔不知道該怎樣安慰他，她為他難過。

「你，後悔嗎？」她猶豫地問他。

「至少現在，此刻，我不後悔。」他嘆息似地望著遠山近郭，「它們多美！」他由衷地、真心地說。

太陽就要落山了，此刻，天空出現了晚霞，晚霞把鮮黃的土崖塗染成血紅。壯闊無邊的寂靜，瑰麗的寂靜，籠罩了小山村，籠罩了千溝萬壑。一縷縷炊煙，像靈魂一樣裊裊升騰：這一刻，莽河覺得自己看見了神。

成鎖哥打發孩子來喊他們去吃晚飯了。

成鎖家五孔窯，最西邊那一孔，平時不住人，堆些農具、雜物，做倉房，今夜主人臨時收拾了出來，攏起火炕驅趕潮氣，做了莽河的客房。葉柔則住在了成鎖哥女子們的窯裡。晚飯，成鎖嫂熬了一大鍋「錢錢飯」，炸了黃米糕，殺了雞，攤了雞蛋，去供銷社打來了米酒。他們左一盅，右一盅，邊喝邊聽成鎖哥給他們講些家族裡的陳年舊事。

成鎖哥喝高了，用筷子指著莽河對葉柔說道，「柔啊，你這個對象人不賴，喝酒一點兒不偷奸把滑。」

葉柔臉紅了，說道，「哥，你喝醉了，人家不是我對象。」

成鎖嘿嘿笑出了聲，「你就日哄我吧，不是你對象，和你跑到咱這山溝裡做啥？」

葉柔急了，說，「哥，你別瞎說，人家是我老師——」

莽河舉起酒盅打斷了她的話，莽河說，「成鎖哥，你這妹子眼太高，人家看不上我。」

成鎖哥左看看，右看看，打著酒嗝，用筷頭點著葉柔的腦門說道，「柔啊，我看你是挑花眼了，聽哥一句勸，人無千日好，花無百日紅，不敢自己耽誤自己……」

話音未落，窯頂吊著的十五燭光燈泡，忽地滅了。黑暗一下子灌進了窯洞，就像在為成鎖哥的話做著注腳。停電了，葉柔想。停電了，莽河也這樣想。卻原來不是，只聽成鎖哥篤定地說，「九點了。」原來一到九點，這裡的電廠就拉電閘。隔間灶洞裡的火光，忽然變得前所未有的珍貴，像點亮人類文明的那一堆火。成鎖嫂去點燈了，他們就在伸手不見五指的黑暗中坐著。葉柔的手忽然被一隻手悄悄握住了，那手很大，卻很柔軟，是一隻孤獨渴望的手。葉柔的手沒有掙扎，葉柔的手寬容地、溫柔地、像傳說中的解語花一樣默默說道，「你這個迷途的小弟弟……」

煤油燈點亮了。莽河依依不捨放開了葉柔的手。他探身執壺，給自己和成鎖哥都重新斟滿了，說道，「哥，喝酒，這米酒可真香啊！」

酒闌人散時，葉家圪嶗早已是漆黑一片。村莊睡沉了，片刻功夫，待客的主人也睡了，熄了燈。莽河靜靜地躺在炕上，朦朧的月光把糊在窗櫺上的麻紙映的很亮。他了無睡意，米酒、一天的奔勞都不能使他入睡。大概是這世界太靜太純粹了，而他是個有「雜念」的人。他披衣下炕，開門，走出了窯外。

月光淡淡地塗染了窯院。不是十五十六的大月亮，沒有那種如水的坦白和清澈，卻更柔和，更具善意和禁忌。山風一吹，他有些頭暈，酒勁上來了，他靠著磨盤坐下，背風點燃一枝香菸。紅紅一點菸頭，像螢火蟲一樣，在千山萬壑的內心，在黑夜的內心，一閃一閃飛動。一枝菸沒有抽完，「吱呀」一聲，東邊的一扇窯門，輕輕開了，一個人影無聲地走出來，掩上門，走下臺階，站住了。

他扔掉菸頭，起身，朝她走去，朝那朵鮮花。他們面對面站在了一起，他抓住了她的手，冰涼的手，他牽著她走回他的窯，別人家的窯。她發著抖，他一把把她摟在懷中，她的臉緊貼著他的心口，她的臉燙得像一塊燃燒的火炭，灼著他的肉。他不住口地叫著她的名字，「葉柔，葉柔，葉柔，寶……」她眼淚奪眶而出，那眼淚也是滾燙的，滋滋冒著熱氣，像融化的鐵水。她耳語一般地、宿命地說，「我瘋了，我瘋了——」

窯外，狗不明緣由地突然吠了起來。

陽光燦爛的早晨。

他醒了，來到窯外。喳喳喳一片鳥鳴。他洗臉、漱口，成鎖嫂喊他去吃早飯。成鎖哥一早下地去了，娃們去上學，飯桌上，除了他沒有別人，他奇怪地問成鎖嫂，「葉柔呢？還沒起來呀？」成鎖嫂回答說，「哦，她叫說給你，她一早起來，先回城去了，說是有啥事情，是公家的事。她叫說給你，她在縣城等你。」

他懵了，忽然有了不好的預感。他放下了筷子，對成鎖嫂說，「嫂子，我不吃了，我得回城去。」

他幾乎是一路跑著趕往縣城，趕出一身又一身熱汗，中途搭了一截拉磚的小四輪農用車，弄得灰眉土臉。他灰眉土臉跑進她住的縣招待所，服務員說，客人已經退房了。

他不相信自己的耳朵，「啥？」他問。

「退房了，一早就退了。」

他耳朵嗡嗡嗡響著，像鑽進了一窩蜜蜂。

「你，你弄錯了吧？怎麼可能？你知不知道她去了哪裡？」他結結巴巴地問。

「看見她搭順車走了。河對岸山西家的車，走了一陣陣了。」服務員認真地、同情地回答。那是一個團團臉和氣的姑娘，唇紅齒白，兩隻小酒窩若隱若現。

熱汗變成了冷汗，冰冷地貼著他的後背前心，他一陣恐懼。這樣好的太陽，這樣好的早晨，一覺醒來，他把葉柔弄丟了。她就像草葉上一滴露水，在太陽下蒸發了。來無蹤去無影，就像一個聊齋故事。

第二章　父與子

一、陳香和老周

老周是陳香的丈夫，也是她同班的師兄，叫周敬言。只不過，周敬言這名字，平日裡很少有人叫，大家都叫他「老周」。還在做學生的時候，他就是「老周」了，全班男女，無論大小，大家都「老周、老周」地叫，聽起來琅琅上口，老少咸宜，好像他生來就該是個老周似的。

說來，一個班裡，比他大的，也不是沒有。像賈愛斌，比他大一歲，卻很少有人叫他「老賈」。和他同歲的，有好幾個，也不是隨時隨地都被人以「老什麼」冠名，唯獨老周，是毫無歧義的。你站在他面前，面對著他的臉，不叫他「老周」還能叫什麼呢？在某種意義上，那是一個尊稱——「七七•一」全班的老大哥。

老周是個善良的人，有一顆金子般的心。

老周結過婚，有過一個孩子，一個漂亮的小男孩兒，孩子不滿週歲時，因為一場中毒性痢疾死了。這件慘痛的事最終導致了他們夫妻的離異。老周的前妻，是一個「北插」，孩子的去世使她椎心泣血地痛恨這個客居之地，她對老周說，我就是回北京要飯也不在這鬼地方待了。於是，她拋下老周走了，當然她沒有回去要飯，家裡給她託門子找了一個不錯的接收單位。但是北京不接收老周，北京有什麼理由接收一個毫無名堂的外鄉人呢？北京最終使他們孔雀東南飛。

可是你在老周身上，幾乎看不到這些傷痛的痕跡，他一點兒也不憤世嫉俗，對世界抱著幾近天真的善意。他生來是個天真的人，這使他的笑容純淨而溫暖。他像孩子一樣歡笑，像哲人一樣思考，只不過，年輕的陳香不知道這一切有多麼珍貴。

老周不算英俊，遠遠不算，他有一張扁圓的大臉，中等個頭，偏胖，還有一點微微的駝背，總之，他只能是一個兄長似的「老周」而絕非陳香心裡的白馬王子。陳香甚至都不知道他其實一直在喜歡著自己，四年的時間，朝夕相處，陳香過得轟轟烈烈又渾渾噩噩，直到她遇上了那個大麻煩。

她幾乎沒有什麼妊娠反應，她唯一的反應就是變得格外貪吃。她的飯量幾乎是以幾何倍數增長著。一頓飯，她可以吃下四個饅頭、三碗小米粥、兩碗大燴菜。他們出去打牙祭，吃灌湯小籠包，她一個人足足吃下去八屜！吃得所有人目瞪口呆。她的好朋友明翠看出了事情的古怪和蹊蹺，當天下午，把她約到了河邊，對她說道，「陳香，出什麼事了？」

陳香微笑，瞇起眼睛看河，不說話。明翠清晰地看到了她鼻翼兩側的蝴蝶斑。陳香的臉，從來是潔淨無瑕的，像玉一樣纖塵不染，但現在它看上去像張畫稿一樣紛亂。明翠覺得自己的心揪成了一團。

「幾個月了？」她只好攤牌。

「嗯，怎麼算呢？我想想，」陳香回答，「兩個月零十三天。」

「謝天謝地！還來得及，」明翠長出一口氣，「陳香，今天太晚了，明天早晨，我陪你去醫院。」

陳香不笑了，她轉過臉來，犀利地、凌厲地逼視著明翠，說道，「明翠，我知道你是什麼意思，你要我放棄這個孩子，殺死這個孩子，對不對？這話，我只說一遍，我要把他生下來。不管誰說什麼，千難萬難，我也要把他生下來！我想好了，大不了，我不留校，大不了，沒有任何單位接受一個單親媽媽，那我就去海子邊擺地攤賣大碗茶，賣糖葫蘆，賣烤紅薯，要不就開家小飯鋪賣油條丸子湯，總行吧？所以，那些殘忍的話你最好讓它爛到你的肚子裡，不要讓我的孩子聽見！你是我最好的朋友，明翠，我不希望我們從此成為仇人——」

她是認真的、壯烈的，那壯烈的神情嚇住了明翠，那是一個嶄新的、她不認識的陳香。明翠想，完了，這沒心沒肺的傻孩子鬼迷心竅了。當晚她找到了老周，老周是他們的班長，他們班，老周、明翠、陳香是留校的候選人，老周還是他們那個文學小社團的負責人。明翠

說，

「老周，陳香闖禍了，你不能見死不救。」

明翠的意思，是讓老周去做陳香的工作，打掉那個孩子。她覺得老周說話要比她有分量，其實也是病急亂投醫而已。老周聽完明翠的話，沉吟許久，說道，

「晚了，明翠，說什麼都沒用了。」

「你還沒說，怎麼知道就沒用？」

老周望著明翠，有句話卻沒有說出口。老周想說的是，明翠，陳香和你不一樣，陳香和大多數人都不一樣。陳香身上，有一種聖徒的品質，她生來是要犧牲的。老周把這句悲壯的話嚥了下去，說道，「行，我試試吧。」

上世紀八十年代初葉，這個內陸城市，還沒有任何一家茶樓和咖啡館，像樣的飯店也屈指可數，像雨後春筍般破土而出的那些「上島咖啡」、「第二客廳」之類的場所，還要再等十多年後才會應運而生。老周只能把陳香約到他們共同的河邊。他們並排坐在壩堰上，看著腳下無聲流淌的河水。水鳥嘎嘎地叫著，老周忽然開口說道，

「陳香，咱們結婚吧。」

陳香嚇一大跳，「你說什麼？」

「我說，咱們結婚吧。」老周搓著肥厚的、像嬰兒一樣紅潤的手掌回答。

「為什麼？」陳香知道老周是明翠搬來的說客，救兵，卻怎麼也沒有想到他會石破天驚地向她求婚。

「不為什麼，」老周說，「就是不想讓你去海子邊擺地攤賣冰糖葫蘆，就你這腦子，還做生意？會賠光的。」

「這不算結婚的理由，還有呢？」

「還有，還有就是，你這個傻子，你沒有看出來嗎？我……我喜歡你。」

「可是，可是——」陳香結結巴巴不知該怎麼說才好，「可是，我……」

「可是你並不喜歡我，這我知道，」老周斷然打斷了她，「就算我趁人之危吧！陳香，我們來給這孩子一個家，你做媽媽，我做爸爸，你看怎麼樣？我不要你現在回答我，你回去好好想想，想想這是不是一個比較好的提議？」

眼淚慢慢湧上了陳香的眼睛。你做媽媽，我做爸爸，這句如同兒戲的話，不知為什麼比所有的承諾、所有的誓言都讓她感動和心酸。她低頭揪下了身邊一根狗尾巴草，把它繞成了小小的一個環狀，她把它托在掌心伸到了老周面前，

「周敬言，你這樣求婚，是不是太簡單了？總要有一枚戒指吧？」

老周用粗大的手指，拈起那枚小小的草環，把它小心翼翼地、珍惜地套在了陳香手指上。然後，他輕輕地、溫存地摟住了那個懷有大祕密的小身體，他摟著她嘴裡不停地叫著她

的名字，「陳香啊，陳香啊……」陳香淚流滿面地回答說，「周敬言，你這個傻子啊！」

二、奇蹟

她給肚子裡的孩子起名叫小船，周小船。

她問老周，「這名字好嗎？」

他說，「好。」

其實不好，他想。船是屬於河的，而他（她）的父親，是河。

老周不知道，原本，她想起一個更誇張的名字：不悔。

起初，他們的家，就安在學校集體宿舍的筒子樓裡。十六平方米的一間屋子，安了一張大床，一張小床。小床是松木原色的，四周有精緻的欄杆，上面吊了蚊帳。這松木小床是老周親手做的，從前，插隊的時候，老周幹過木匠。

大腹便便的陳香，坐在陽光燦爛的南窗下，看著老周用砂紙細緻入微地、不厭其煩地打磨著那一個個漂亮的小欄杆，松香的氣味兒在陽光裡像魂靈一樣飄散。那是他們倆跑遍了這個物質匱乏的北方城市，怎麼也找不到一張合適的嬰兒床之後，老周說，「算了，自己動手，豐衣足食。」他模仿著瓦西里的語氣安慰陳香說，「麵包會有的，牛奶會有的。」果然，兩天後，一堆木板堆在了他們窗下，然後，他鋸、刨、鑿，潔白的刨花飛舞著，於是，陳香目睹了一張嬰兒小床在親人的手下橫空出世。

那是迷人的，陳香想，一個父親在為兒子揮汗如雨。刨子所到之處，薄如蟬翼的刨花怕疼似地蜷曲，蜷曲成某種旋律的形狀。它們蝴蝶般飛舞，無聲而美。陳香找來許多只敞口的罐頭玻璃瓶，透明的花瓶，洗淨了，然後把那些形狀最好的木頭刨花小心地裝進去，高高低低地，擺在窗臺上。陽光照耀在上面，有一種強烈的裝飾效果。陳香覺得自己把那個迷人的時刻貯存下來了。

老周說，「只見過把刨花當柴燒的，還真沒見過把它當花兒養的，你是第一個。」她笑了。忽然有一種悲傷突如其來湧上她的心頭，雪崩似的。美都是瞬間即逝的，她挽留不住。

孩子是順產，但有一點小磨難，側切了一刀，縫了七針。

第一眼看到孩子，紅紅的，皺皺的，閉著眼，像蠟燭似地插在襁褓之中，看不出像人還是像動物。護士托著他的小腦袋，對老周說，「看，長得像媽媽。」他一下子幸福地笑了。

他輕輕地、憐惜地在心裡叫了一聲，「你好啊，周小船。」

他願意周小船像媽媽，他祈禱上帝、佛祖、所有的神明，讓周小船長得像媽媽。

陳香把周小船抱在懷裡，久久久久凝視著他的臉，陳香望著他皺巴巴的小臉柔聲說道，「周小船，我是媽媽。」她讓周小船吮吸她的乳房，周小船的嘴，像花骨朵一般嘟著，一抽一抽，魂靈就這樣被這張小嘴抽空了。突然他鬆開了她的乳頭，「哇——」一聲悲傷地哭了。

她沒有奶水。

三天了，她下不來奶。七天了，出院了，她還是沒有奶水。

老周給周小船訂了牛奶，託人從東北買來了最好的「完達山」牌奶粉。那時，訂牛奶需要醫院的出生證明，而且，關於牛奶，這城市當時有許多的流言和傳說。說牛奶出廠時，要兌一次水，分送到了奶站，再兌一次，到了送牛奶的工人手裡，還要兌一次水。這城市有條河，叫沙河，沙河裡流淌著的，是這城市的生活污水和山上沖刷下來的山水，傳說送牛奶的自行車就停在沙河邊，把沙河水摻進了牛奶裡。總之，那牛奶是稀薄的，靠不住的。

陳香不甘心。

陳香不相信自己的身體是自私的。

按摩、熱敷、吸奶器，所有這些作用於外部的方法，一一敗下陣來，陳香還是一個不甘心。陳香想，這世界上，沒有不分泌奶水的母親，無論是動物，還是人。這是一個最簡單的道理，是一個真理，這是「信」。那些最終沒有奶水的母親，是放棄，而她不，她信，她不放棄。

她四處尋找來那些下奶的民間偏方，一張一張地，虔誠地抄下來，貼在牆上。這些偏方看得老周心驚肉跳，老周問她道，「這些東西，你不會真的吃吧？」陳香很驚訝，說，「不吃，莫非把它們貼在這裡當畫看呀？」

它們讓老周噁心。

有一個偏方，是豬蹄。做法是，將一隻七星豬蹄，洗淨，去沫，白水煮，不加任何調味品，不加鹽，加一味中藥：通草，煮成奶白湯，連湯帶蹄，服食。

另一個偏方，是鯽魚湯，做法是，鯽魚一條，去內臟，不能刮鱗，洗淨、去沫，清水煮，不加任何調味品，不加鹽，煮成糊狀，連肉渣帶湯服食。

還有一個是米酒豆腐，相比之下，這個偏方要仁慈一些，但也最麻煩。首先，是要先釀出米酒，然後，用自釀的米酒，加紅糖，加豆腐，煮成豆渣般的糊狀，每天服食二次……

於是，這些沒有鹽，沒有調味的葷腥，這些難以下嚥的湯湯水水，就成了陳香每日餐桌上的主菜。好在生活在變，他們匱乏的城市裡有了集貿市場，這些東西還不難買到。還在月子裡，她就東尋西問向南方人討來了酒麴，學會了製作米酒的方法。她差老周去買回了一只小缸和白江米，讓老周將小缸一遍遍清洗乾淨，然後自己動手，把江米浸泡一天後上籠蒸成半熟，入缸，再倒入事先備好的涼開水，及一塊一寸大小的酒麴，細細攪拌均勻，中間挖出一隻深坑，一週後，就有清澈的米酒沁出來了，滿屋飄散出米酒香。她驚喜地收穫著這勞作的果實，把它們仔細裝入玻璃瓶中，用宣紙封好。從此，米酒豆腐就成了她每日必不可少的早點和夜宵。此時，孩子出滿月了，於是，給自己買煮湯的食材就成了她首當其衝的工作。她天天跑集貿市場、菜市場、副食商場，極其認真嚴肅地給自己挑選著那些多孔而肥碩的豬蹄，鱗片鮮亮的鯽魚，還有，至少六年以上的老母雞這一類東西，當這些東西散發著古怪的氣味端上餐桌時，陳香的眼睛裡就會閃過一種母獸的神情。她迅疾地端起來，吃得又凶狠又迴腸盪氣，常常，鱗片黏在她的嘴角，她抬起臉，衝著老周燦然一笑。這種時候，老周心裡覺得又恐怖又憐憫。

又一個月過去了，孩子滿兩月了，她的乳房沉寂著，沒有動靜，沒有回應。

她母親從另一個城市來看她，對她說，「香啊，認了吧，別再遭罪了，這麼長時間不下奶，那就是沒奶了。有的女人生來就是石奶，你大概就是長石奶了。」

明翠也勸她，「我說陳香，你再吃這些沒鹽的湯湯水水，恐怕就成白毛女了。」

她不聽，繼續吃，吃不放鹽的豬蹄，吃不刮鱗的魚，吃煮成糊狀的米酒豆腐。

三個月過去了，仍舊沒有消息，她的身體如同一片凍土。三個月的孩子，應該會翻身了，可是周小船不會。稀薄的牛奶使周小船看上去有了缺鈣的徵兆，他們抱他去醫院，打了一針D3。打針使周小船哭的聲嘶力竭，陳香也掉淚了。於是，她繼續不放棄地吃下去。

老周終於說話了，老周說，「陳香，盡人事，聽天命吧。」

陳香回答，「哥，你說，天命是什麼？天命就是，這世界上的每一個媽媽，都應該有奶水啊！」

老周不說話了，他還能說什麼呢？他早就知道，陳香身上，有一種別人所沒有的聖徒的品質，她理所當然地把奇蹟看作是世間平常的事。老周想，讓她折騰吧，豁出去，就讓她折騰一年，莫非等孩子滿周歲了，該斷奶了，她還不死心嗎？

就讓她折騰。

折騰著，一百天到了。一百天頭上，他們為小船操辦了一個小小的「百日宴」，在外地的爺爺奶奶姥姥爺都沒驚動，只請了樓下的明翠夫妻。明翠也是剛剛出滿月不久，她生下了一個八斤的男孩兒，十分壯碩，但奶水不足，明翠的奶水只夠肥壯的兒子吃個半飽，於是，陳香每日為自己燉豬蹄煮魚湯時，順便也給明翠送一份下去。只不過，明翠可嚥不下去這些令人作嘔的東西，不是把豬蹄重新用鹽和醬油加工一番，讓她丈夫下飯，就是把帶鱗的魚湯偷偷倒進了垃圾桶。

這天，明翠把自己的兒子小壯用奶粉餵飽了。灌進奶瓶的奶粉，讓小壯吃得很不愉快。

他用小舌頭使勁朝外面頂那只讓他討厭的橡皮乳頭：四十多天的人生經驗告訴他，現在不是他吸這代用品玩意兒的時間。明翠充滿歉意地哄著他，對他說道，「噢——好寶貝，好乖，你幫媽媽一個忙，就今天一次，你幫媽媽一個忙，求你了……」

就這樣，明翠從自己兒子嘴裡，掠奪來了一頓午餐——這就是她送小船的禮物。於是，來到人間一百天的小船，第一次嚐到了人乳的滋味。他吃得很香甜，他只是在最開始時有過一點點疑惑和驚訝，但第一口吞嚥之後，他就被那香味、那原始的香味喚醒了。他忘情地、歡暢地、貪婪地吞嚥著香甜的糧食，他伸出小手愛戀地捧著人家媽媽的乳房……一屋子人，安靜地目睹了這場景。陳香眼睛濕潤了，陳香輕聲說道，

「明翠，等我下來奶，我一定幫你餵小壯……」

明翠笑笑，沒有回答。讓她說什麼好？人說不撞南牆不回頭，而這個人，是撞了南牆頭破血流也不回頭的呀。

晚飯時，陳香照例吞下了一大碗七星豬蹄湯，她剛剛放下碗，突然之間，兩肋之下一陣過電一般的麻熱，那麻簇簇熱呼呼的感覺，如小蛇一樣奔竄著，燒酒一般奔竄著，竄進她的胸膛。兩股暖流噴湧而出，一下子，濡濕了她的衣裳。這感覺驚住了她，她低頭看著自己濕漉漉的前胸，突然之間醒悟過來。她一把扯開了自己的衣襟，然後，她就看見了那奇觀：她的奶水，她等待了這樣久這樣久的奶水，如同春潮一般，洶湧著，氾濫著，她的乳房，如同

兩個噴泉，滋滋有聲地向天空噴射著奶液。那些不計其數的湯湯水水，那些辛苦和堅持，連同她的血脈，此時，都化做了汨汨奔流的、芳香四溢的奶河，湧向她的雙乳，就如同千條解凍的小溪，湧向大海。她大叫一聲，「哥，你看！」然後望著噴泉般的奶水，哈哈哈哈大笑。

老周聞聲趕來，驚呆了。老周想，蒼天哪，這世上，真的有奇蹟。

三、寫給小船

現在，我可以踏實地坐下來寫信了。小船，我的孩子，這是媽媽寫給你的第一封信。你吃飽了我的奶，睡熟了，我用相機拍下了你心滿意足的睡相，你睡著了的時候，沉靜的像個女孩子。有時我真希望你是個女孩兒，這樣，將來就不會有另一個女人來和我「爭奪」你了。想到有一天你會戀愛、結婚，我就妒忌那個將站在你身邊、穿婚紗的女孩子——兒子，我得跟你說實話，我不會是一個無私的、寬容的、慈祥的婆婆，我永遠不會像愛你一樣，去愛你的愛人。

現在，你已經六個月了，體重十六斤，比標準體重重一點九斤。說來媽媽很驕傲，媽媽的奶水，豐沛得就像一頭奶牛！一只奶，足足可以讓你吸一百六十口！這是媽媽一口一口數過的，兩只奶，就是三百二十口。兒子，有充足奶水的媽媽多麼幸福！任你敞開吃、揮霍著吃也吃不了！樓下有個小弟弟，四個月了，他媽媽奶水不足，後來乾脆就沒奶了，他只好吃稀薄的牛奶，常常生病。現在，媽媽的奶，就請小弟弟來一起分享了。他名字叫小壯，我希望你們將來能成為好朋友，好兄弟，相親相愛，就像媽媽和小壯的媽媽明翠阿姨一樣。

這封信，有可能，你要在很久的將來才可能看到，要等到媽媽不在人世之後。但是，誰知道呢？生命的祕密，不在人的掌握之中，也許，會有一個意外發生——寫到「意外」這兩個字媽媽真是害怕，自從有了你，寶貝，媽媽變得膽小，對所有未知的事物心存絕對虔誠的敬畏，因為有了你，媽媽害怕死去。但是，我是說萬一，萬一有一天「意外」突然降臨，媽媽離開了你，離開了這個世界，到那時，假如媽媽沒有準備，沒有給你留下這些話，那麼，媽媽會死不瞑目。

所以，為了這個「意外」和「萬一」，媽媽必須現在寫這封非常難寫的信。

就從你的名字說起吧，「小船」這名字，是媽媽為你起的，那是一個紀念，紀念你的父親，生身父親。他是一個詩人，叫莽河。等你讀這封信的時候，也許，他已經名動天下，也許，早已銷聲匿跡，默默無聞。無論他將來怎樣，我想告訴你的是，當年，我們相識時，他就如同神蹟一樣美好，如同陽光一樣光明。他留給了媽媽一首最傑出最壯碩的詩——你。為此，媽媽永遠永遠感謝他，在媽媽心中，他是一個當之無愧的詩人，他驚世駭俗地使媽媽成為了詩的一部分，我們共同完成了一個美麗的創造。

小船，我的兒子，你身上流著詩人的血，詩人，他們是一群被神選中的人，你不能用俗世的標準來衡量他，也不能用俗世的價值觀來判斷他、評價他、約束他。我希望你懂這個，我更希望你擁有一顆詩人的心，用詩人的心來體會這個世界。這是我一生所羨慕的事，我永遠不可能知道世界在詩人心中是什麼奇妙的樣子，而你能。你有可能聽見媽媽所聽不見的聲音，看見媽媽所看不見的顏色，發現媽媽所不能理解的神蹟和光亮，兒子，這是你的幸運，也是你的宿命。

也許，你的父親，他永遠不知道這世界上有你這樣一個兒子，也許，你也永遠不想和一個從未謀面的父親相認，但是，儘管如此，你要瞭解他，尊敬他。是他把你帶到了這個世界，他創造了你，他給了你的媽媽巨大的祕密的幸福，他讓我今生今世擁有了你。假如，在你讀了這封信，或任何別的時刻，發現了你的身世真相之後，怨恨你父親的話，兒子，那我會深深失望。因為，我相信你會有一顆父親的心，詩人的心，浪漫、天真、善良。你們父子，會惺惺相惜。儘管，你們有可能對面相逢不相識，也不知道誰在天涯誰在海角，但是你們仍舊會互相憐惜，就像當年李白最倒楣的時候，只有杜甫，才能寫出那樣振聾發聵悲天憫人的詩句：世人皆欲殺，吾意獨憐才。這是一個詩人對另一個詩人的深深愛戀，它超越一切。

現在，該說說你的另一個父親了，兒子，你要記住，你有兩個父親。這個你一生下來就看見你的父親，這個先於媽媽，第一個把你抱在懷裡的男人，永遠、永遠都是你的爸爸。他愛你，這一點，媽媽比任何人都看得清楚。他肥厚的大手撫摸你的時候，你半夜裡哭鬧，他抱著你在屋子裡轉悠，嘴裡亂七八糟為你唱各種歌謠當催眠曲的時候，當媽媽還沒有下奶的那些日子裡，他半夜裡爬起來為你熱牛奶，小心翼翼把奶水滴到自己手腕上試涼熱的時候，淚水常常在媽媽身體裡洶湧：他毫無障礙地、發自內心地視你如己出。在你之前，他曾經有過一個兒子，叫陶陶，樂陶陶的那個陶陶，但是這個陶陶在不滿週歲的時候不幸得了中毒性痢疾，由於醫生的誤診，耽誤了治療，走了……這是爸爸最傷心的事，也是他極力要隱藏的最大的隱痛，但是就在昨天，我上課回來，看見他站在窗前，抱著你，凝視著你的小臉，我看見眼淚在他眼睛裡打轉，我悄悄走到了他身邊，他聽到我的聲音，說了一句，「陳香，我覺得陶陶又回來了……」說完，眼淚就滴在了你的臉上。

他珍愛你，兒子。

中毒性痢疾，在他，是埋伏在人生道路上最大的一個凶險，最大的一個陰謀和邪惡，它似乎無處不在，這讓他變得有些神經質，你的奶瓶、小碗、衣物、毛巾、尿布，他一定要自己洗，要自己煮，要親手消毒，假如他不在的時候，我動手洗了，他回來之後一定要把我洗過的、燙過的東西再重新洗一遍，煮一遍，好像我會敷衍自己的孩子，好像我手上黏滿了病菌，是一個疾病的傳染源。你吃的水果、雞蛋、橘子汁，他一定要自己去買，千挑萬選。你喝的橘子汁，不是商店裡賣的那種，都是他用鮮橘子親手榨出來的。他不知從哪個藥店裡買來一只厚厚的玻璃盞，一只玻璃臼，洗淨、燙過之後，就變成了一只榨汁機，每天，把橘瓣剝出來放進盞中，用玻璃臼小心地碾出汁液，再用煮過的紗布過濾出來，鮮黃濃郁、芳香四溢的一盞，就是你喝的橘汁。這個工作，爸爸一定要自己動手，他總是怕別人弄得不衛生……有時，他的堅持讓我不高興，我對他說，「難道我是《蘆花記》裡的後媽？還是白雪公主的後媽？」其實，話一出口我就後悔了，我知道那是他的心病，也知道那是他一生的懼怕：懼怕瞬間的分崩離析和失去。

兒子，其實，這一切，用不著我多說，你會一天天長大，你會自己去感知一個父親深厚無邊的愛，我寫下的，是你沒有記憶的時候發生的事，就算我替你完成一個記憶吧。我想，你應該已明瞭我要說的話，那就是，將來，無論發生什麼事，哪怕天塌地陷的大事，也無論你將來長成什麼樣的「大人物」，周小船，你要記住，周敬言永遠是你的爸爸，你的父親，你最親的血親！

親愛的寶貝，媽媽寫這封信的時候，內心一片靜謐，就像這夜晚。你睡了，爸爸也睡了，你微微的鼻息，還有爸爸的鼾聲，此起彼落，讓媽媽踏實。九月了，我們的城市已有了秋意，這是它一年中最美的時光，楊樹葉子黃了，銀杏樹的葉子也快黃了，當它們黃透的時候，假如，你走在一條鄉野間的大路上，如洗的藍天下，金黃的楊樹，或者，銀杏樹與你突然遭遇，那時，你會被這種純粹的、輝煌的美所深深感動，並且，你會理解，為什麼有的人終其一生要走在這樣的路上，就像你的生身父親。

媽媽

一九八三年九月

這封信，陳香封在了一只沒有標記的牛皮紙信封裡，上面這樣寫了：給我的兒子，小船。第二天，她把這封信交給了樓下的明翠。她對明翠說，

「明翠，你就是我的保險箱——你一定要好好替我保管這封信，假如，我遇到什麼意外，不在了，你要選個合適的時候，比如，小船考上大學或者是他十八歲生日的時候，你親手把這信交給他。」

明翠回答說，「呸呸呸，一大清早的，說些什麼喪話？晦氣不晦氣？」但她還是把信接了過來，打量了一番，又遞給了陳香，「這我可不能接，看上去像遺書似的，你怎麼就能保證我不會死在你前面？我比你還大幾個月呢！」

陳香不接，望著她，說道，「除了你，我沒人可託，還有，我知道你不會那麼無情無義，死在我前面的，你要答應我。」

明翠笑了，她猜想的出來這封信大約是什麼內容，她不能推辭，「好吧，沒見過你這麼霸道的人，就算我答應了你，閻王老子也得答應啊，趕明天我也寫封遺書，交給你替我保

管，咱倆就算扯平了。」

明翠笑著，但她的眼圈兒紅了。她覺得有些心酸。

第三章　春風號破琉璃瓦

一、風景

出雁門關，朝西，有個縣叫朔縣，再朝北，有個縣叫平魯，美國人哈默和中國合資開採的大型露天煤礦，就在這兩縣之間，叫平朔露天煤礦。由於這中國最大的露天煤礦的開採，一些村莊搬遷了，也是由於它的開採，一個龐大的漢墓群出土了。原來，在這肥厚遼闊的煤田上面，一直安睡著這片土地上的祖先。

漢墓群的發現，因為它的龐大，震驚了考古界。

一九八五年春天，當葉柔抵達這裡時，漢墓群的發掘工作，方興未艾，而露天煤礦的建設，也正熱火朝天。機器終日轟鳴，路上塵土飛揚，而出土的部分文物，則陳列在一個叫「崇福寺」的寺廟裡。陶器修復室，也設在那個從前荒草叢生的廟院。由於縣裡有人帶領，葉柔被允許參觀了陶器的修復。她站在一堆堆殘缺不全的器皿中間，一堆堆碎陶片中間，感到了一種不可思議的神祕。這些兩千多歲的器物碎片，比那些擺在博物館裡的完好的文物，似乎更具某種震撼力。它們陰氣逼人，就好像，它們不再是任何一種具象的東西，而是擺脫了具象之身的靈魂，歷史的陰魂，美而幽怨。

崇福寺內，沒有一個遊人，寺內最著名的大殿佛陀殿，是金代原構建築，沒有歷朝歷代的重修、復建，古老的人字結構，屋脊上少見的彩色「跑脊人」，沉澱了幾世紀的風霜。此刻，二十世紀八十年代的陽光清澈地照耀著它，它看上去似乎要傾塌了，但依然有一種荒涼的靜穆與宏大，不動聲色的尊嚴。簷下棲息了許多的野鴿子，寬闊的石臺基上落了厚厚的鳥糞。殿內有幾百年前的壁畫，佛的背光奇異而精緻，美侖美奐。

時光彷彿在這裡凝固了，葉柔想。

短短一週時間，她看上去消瘦了，臉上多了一種嚴峻和苛刻的神情，是對自己的嚴苛。正是黃昏時分，她不聲不響忙完了手裡的工作，一個人悄悄走進了空無一人的大殿，在佛陀面前跪下了。夕陽從背後籠罩住了她，就像神的撫摸。她雙手合十，抬頭仰望著那張安祥靜謐慈悲的臉，剎那間，淚水靜靜地流了下來。

她跪了許久，靜靜地流淚，感受著那一雙洞穿一切的美目的凝視。此刻，她沒有任何世俗的訴求，沒有任何期許與願望，連日來折磨著她的一切：幸福又羞恥的那個夜晚、瘋狂又幻滅的激情與纏綿、對一個人無望卻又無邊無涯的想念，在這一剎那，像野鴿子一樣從她體內飛走了。她奇妙地體會到了一種彷彿置身在時光之外的神祕的靜謐。這珍貴的靜謐雖然短暫，卻是年輕的葉柔離神最近的時刻。

她可以一個人上路了。

葉柔的田野調查筆記

早晨，縣裡派了一輛吉普車把我送到了平魯縣一個叫安太堡的村莊。沿著這條路線，我將一直朝北，在右玉縣出殺虎口，而不是朝西，在河曲過黃河。

安太堡也是一個即將消逝的村落，村裡安排我住的地方，緊鄰著公路，汽車一輛接一輛轟鳴而過，公路那邊就是正在建設中的平朔露天煤礦的工業廣場。再遠處，便是黑駝山了。透過塵煙滾滾的陽光，看得見山上殘破的烽火臺，在時光中挺立著，像邊塞詩。

不知為什麼，鼻子一酸，烽火臺讓人惆悵。

村幹部似乎很忙，卻又一上午蹲在太陽地裡，曬太陽說話。午飯時，縣裡下來幾個農機局的人，村長請他們喝酒，他們開了十幾瓶啤酒而不是高粱白酒，邊喝邊划拳，五魁首啊，四季財啊。這讓我意外。不久的從前，在我居住的那個內陸省會城市，好多城裡人還把啤酒叫做「馬尿」，而現在，它已經如此地「深入」和普及了。這大概是「合資」給此地帶來的變化吧？

外邊，太陽地裡，一個小閨女，跪坐在一張青石桌旁，在玩「抓拐」。她玩的很投入，很認真，很嫺熟，沙包拋起來，接住，拋起來，再接住。四隻羊拐骨，瞬間在她手下，翻出不同的花樣。我隔著窯門看她玩，一陣一陣眼熱。這古老的遊戲，從前，我小時候也玩過的遊戲，如今，在城裡，早已失傳多年了。它是什麼時候消失不見的？

下午我走訪了一戶人家，這人家姓黃，當家的有個學名，叫黃存厚，小名留根，年輕時走過口外。他家窯院很大，幾個小伙子在窯院裡修一輛小四輪，院子顯得嘈雜而凌亂，整個村莊，整個安太堡，都是這樣嘈雜而凌亂的。窯裡倒還整齊，也乾淨，炕上的油布擦得明晃晃的，綠地紅花，畫的是怒放的大牡丹，還有彩蝶蹁躚。主人邀我上炕，我盛情難卻地脫了鞋，盤腿坐在炕桌前，可我知道，我盤腿的姿勢，生硬，不受看。

村長三言兩語說明了來意，忙別的事情去了。我開始問話。活了這麼大，平生第一次做田野，心裡沒底，也不知道鋪墊，上來就開門見山。

我問道，「大爺，你是多大時候走口外的？」

大爺想了想，說，「二十三上。」

我說，「大爺，你就像講古一樣，給我講講你走口外的故事，行不行？你隨便講。」

大爺說，「就是個受苦攬工，沒個甚講頭。」

通往別人命運的路，隱藏在荒草叢中，莽撞的踐踏是一種輕佻的舉止，也是對歷史的不尊重。愈接近此行的終點，我愈明白這個。但當我面對第一個走訪對象時，我急於想得到的，是有「價值」的線索和故事。

於是我說，「大爺，歌兒裡唱走西口，都是唱一個女人，給出口外的男人送行，千叮嚀，萬囑咐，你二十三歲上走口外，成家娶女人了吧？」

大爺半天不說話，吧嗒吧嗒抽了陣旱菸袋，是我熟悉的菸葉的香味，叫「小蘭花」。大爺在「小蘭花」的香味中開口說起了女人。大爺說他二十三上走口外，是帶著新娶的婆姨上路的，婆姨叫個「二女」，十九歲。十九歲的二女來在口外，生下了他們的兒，他們的大小子。誰知道，大小子剛剛生下十天光景，一路奔勞的二女就生急病死了。他埋了二女，把兒子奶給一戶人家，自己攬工掙麥子。不想有人竟要用一頭大鍵牛換他的兒，他死活不應。「娶女人為啥？還不就為個栽根立後？」他用菸袋鍋敲著鞋底這麼對我說。

「後來呢？」我問。

「後來就帶上我兒，一路問人討奶吃，回來了。」

「再後來呢？」我努力地做著最後的試探。

真的還有後來。二十五年以後，長大成人的那個兒，又去口外用一只紅布袋「度帶」回了二女的屍骨。只是，二女的骨骸並不能進祖墳，她還需要再耐心等著，等她的男人死後再與她入土合葬。當然，她的男人如今早已又娶妻生子，續娶的女人是個寡婦，叫王粉香。

現在，王粉香就站在當屋地下，為客人們添茶續水。

不到五分鐘時間，這個叫黃存厚、叫留根的男人，就如此平淡地講完了他的大半生。我不能再問「後來」了，可我很震撼。我知道這平淡的敘述中埋藏了怎樣的驚濤駭浪和刻骨銘心的傷痛。假如我是個小說家，我想，就他懷抱吃奶的兒子跋山涉水一路還家的經歷，就可以寫成一部《奧德修紀》……還有男人樸素的深情，綿長卻堅韌的牽掛，二十五年後，讓兒子去口外尋找母親的遺骨並帶回故鄉，想想，二十五年的時光，去尋找一個孤墳野塚是多麼不易。還有那個挺著大肚子和男人在口外千辛萬苦掙生活的「二女」，她一定也有一雙讓她的男人終生不能忘懷的美麗的「毛眼眼」……

王粉香走上前，為我的茶碗裡續水，她笑得很溫暖。

門簾一掀，走進一個老漢，小個子，背微駝，進門就上炕，抽水菸。水菸袋咕嚕咕嚕響，伴隨著另類的菸香。我以為這是黃家的老人，原來卻不是。老漢是鄰家，來串門的。他的光腳板上黏滿灰黑的泥，像是剛剛幹完什麼活計。說話間，就二連三地，又進來幾個後生、閨女，圍在炕下，他和我們說話。剛才在窯院裡修小四輪的後生們也進來了，其中有兩個，是黃存厚和王粉香的兒子。

我請教老人貴姓，老漢沒聽清。黃存厚替他回答說，「姓李。」這下他聽清了，衝我伸過手，用樹枝般的食指比畫了一個鉤子——那是一個「九」。

「九輩子了，」老漢開口對我說道，「李姓人在這安太堡村，住了九輩子了。這下要連根拔起走了，死死活活都得走，神、人都得走了。」

我明白了，老人是在跟我說「搬遷」的事。如今，這才是所有安太堡人心中最大的大事，事關生存，事關每一個人、每一個家族乃至整個村莊的命運、興衰。我忽然覺得我的到來，我的打擾是那樣不合時宜。這村中，不光有人，還有墳，還有廟，五道廟和龍王廟，廟中的神靈，墳裡的先人，這才是一村的老人們最掛心的大事。

這李老漢的兒媳，前不久掏沙砸死了。砸死的女人算是屈死鬼，此地風俗，屈死鬼不能進祖墳。就算能進祖墳，祖墳也要挪動了。

李老漢很愁煩。

祖墳顯然不太在年輕人心上，地上的一個小後生忽然問我說，

「記者，你去過香港沒有？」

我搖搖頭。我告訴他們我不是記者。

「和尚呢？你見過和尚沒有？」

我點點頭。心裡奇怪這話題怎麼一下子就從香港跑到了和尚身上。我說，「和尚我見過，還見過尼姑，我去過五臺山。」

「五臺山」這話題，一下子讓地上的後生和閨女們興奮起來。不僅僅是後生、閨女，炕

上的李老漢、黃存厚，還有王粉香也都興奮了，「五臺山、五臺山」地問個不停，原來，村委會近日要組織村民旅遊——遊五臺山。對我，這又是一個意外。

搬遷、旅遊，這兩件事，哪一件，都比回憶往事重要。

一夜，工地上燈火通明，公路上的汽車，轟隆轟隆，朝著那一片熱火朝天卻又孤獨的燈火奔馳。這是我所經歷過的最不安靜的山村的夜晚。

今夜無人入睡。

二、北固山、鳳凰城還有洪景天

從前，人們把平魯城稱作是「鳳凰城」。登上北固山，低頭俯瞰，本地人就會極熱情地給你畫出這「鳳凰」的全貌：南門是鳳頭，左右兩眼甜井是鳳眼，兩邊兩座小山巒則是鳳翅，鳳尾便是這北固山了。山後，還修出一節石城牆，頗像翹起的尾尖。東、西、南三座城門，城牆隱約可見，再遠處，沿山勢蜿蜒著的，是明代古長城殘破的遺跡。

八十年代中葉，人們還習慣把鎮政府稱作是「公社」。洪景天就是「公社」中的一名宣傳幹事。洪景天原本不叫洪景天，那是他給自己取的筆名。洪景天寫詩，他的詩歌，近年來除了在地區雜誌上發表外，有一些，還發在了本省和鄰省的省一級刊物上。於是，洪景天成了小鎮的名人。

說來，「洪景天」原本是一味中藥，這筆名的由來，緣自洪景天爺爺的一張藥方。他爺爺是一位鄉村郎中，下世多年了。從小，他是在爺爺身邊長大的，和爺爺很親。有一天，洪景天收拾舊物，從一本殘破的《湯頭歌訣》中，掉出一張陳年舊紙，是一張藥方。他一眼就認出了爺爺敦厚、溫和、小心翼翼的筆跡。這藥方開給誰？它為什麼藏在這裡，永遠不會有答案了……他久久望著那藥方，一個陌生的名字，像一張陌生的臉，從熟悉的連翹、金銀花、廣藿香、板藍根這些熟面孔中蹦跳出來：洪景天，於是，他有了一個筆名，那是對爺爺的紀念。

這一天黃昏，詩人洪景天端著一只粗瓷大碗準備到食堂去打飯，空曠的「公社」大院裡，迎面走來一個人，一個旅人，揹著一只挎包，拎著一只帆布旅行袋——這個時間，是從省城方向開來的長途汽車到站的時刻。來人逕直走到了他面前，說道，「請問，洪景天在嗎？我找洪景天。」

洪景天回答說，「在，我就是。」

「哦，」來人說道，「我猜你也應該是。我是莽河。」

「誰？莽河？」洪景天驚喜地叫起來，「我沒聽錯吧？莽河老師！真沒想到啊——太高興了！怪不得今天喜鵲在我窗外叫了一天！走走走，先把東西放窯裡，咱們去吃飯——」

這就是那個遊歷的年代常見的風景。在任何一個城市、小鎮，任何一處邊地，都有可能迎面走來一個遠方的詩人，以詩的名義，和另一個從未謀面的詩人會師，帶來意外和驚喜。

這就是那個時代的浪漫和珍貴之處，也是它的天真之處：詩人在路上。

那一晚，莽河就住在公社大院洪景天的窯洞裡。那是一間刷了白灰的乾淨的磚窯，一盤大炕占據了窯洞的二分之一的面積。炕是火炕，燒煤，亮晶晶的一小堆煤炭堆在牆角，洪景天不斷把炭塊夾起來填進嗶嗶剝剝燃燒的炕洞裡。炕很溫暖。他們圍著一張炕桌喝酒，談詩，談各自喜歡或不喜歡的詩與詩人。傍黑時起了風，風愈颳愈大，此時，已經是在狂嘯和怒吼。吼破了嗓子的狂風有一種說不出的淒厲與哀傷，像一大群身處絕境的動物。他倆出去小解，風吹得他們踉踉蹌蹌幾乎站不住腳。莽河喘息著說道，「我靠，好厲害的風！」

洪景天在風中大聲回答說，「春風號破琉璃瓦，春風號破琉璃瓦——」

這是此地的一句民諺，春風號破琉璃瓦，但是今年的風格外地肆虐，因為天旱的緣故。一冬無雪，開春後不見一滴天水。老年人罵年輕人說，「看你們這些灰孫子，連白麵吃著都不香了，不遭天年等甚？」

人們都說，該唱臺戲了，一動響器，天就要下雨。

一夜，莽河似睡非睡，狂風在木格扇的窗外，號叫著，哭喊著。是成千上萬個古代的亡靈在哭喊吧？莽河想。古城牆外，應該就是當年金戈鐵馬白骨成堆的征戰的沙場，關山阻隔，世世代代的亡靈，在這塞外的荒野上遊蕩著，有家歸不得。「可憐無定河邊骨，具是春閨夢裡人」啊。

莽河想。

突然，炕的另一頭，一直靜靜躺著的洪景天說話了，洪景天說道，「莽河老師，我猜，你來這裡，還有其他的事情吧？」

莽河沒有回答。

窗外，嘩啦啦啦，傳來了什麼東西倒塌的聲音。遠遠地，狂風裹挾著某種淒厲的悲鳴，聽上去像是一聲狼的哀嚎。

「聽，是狼在嚎吧？」莽河開口問道。

「我沒有聽見，」洪景天回答，「是風吼，不是狼，如今狼很少了。」

「是啊，狼都轉世成人了，」莽河無聲地笑笑，「我覺得我前生前世大概就是匹狼。」

洪景天沒有說話。

「你呢？要是有前世，洪景天，你前世是什麼？」

「我？」洪景天想了想，「大概就是棵草藥吧，一棵洪景天……你這匹狼受了傷，我給你療傷。」

剛才，莽河已經聽洪景天講了自己筆名的來歷，現在，聽他這樣說，心裡一熱。幾句話開始在他心裡翻騰，他在黑暗中把它們慢慢地念了出來：

「洪景天在陳年舊紙上／左邊是金銀花那蕩婦涼爽的身影／右邊是綿馬貫眾，他如同俠客般來去無蹤／爺爺，你藏匿了鐵石心腸的時光／向我講述，溫暖的療救……」

洪景天靜靜地聽，不知不覺，淚水流了一臉。這個狂風呼嘯的乾旱的春夜，給了他如此珍貴的一個紀念。他一生都會珍藏這一個春夜了，他想，因為，平生第一次，他有了一個為他寫詩的朋友。

「莽河老師——」他不知道該說什麼。

莽河沉默了。許久，他開了口，他的聲音不知為什麼突然變得有些沙啞。

「你說對了，洪景天，我來這裡，是想等一個人，我想試試我的運氣。」

他不知道她會走哪條路。是從河曲保德過黃河，還是從右玉出殺虎口？這兩條路，都是當年「走西口」的重要路線。

冥冥中，他似乎聽到一個聲音，這聲音忽遠忽近，告訴他，「殺虎口，殺虎口，殺虎口……」於是，他選擇了平魯老城，這是出殺虎口的必經之路。而且，當年這個小城，是西口路上一個重鎮，假如她走殺虎口，她應該不會放棄這裡。現在，他扼守著這從前的重鎮，像等待一個離散的親人一樣等待著一個令人心疼的重逢。

幸運的是，這裡有一個洪景天，一個寫詩的朋友。

早晨，洪景天帶他去食堂吃早飯，發現公社院子裡一只磚砌的煙囪被昨夜的大風颳倒了。食堂裡，吃早飯的人除了他倆，就只有一位戴眼鏡、還是學生模樣的副鎮長。做飯的大師傅一邊給他們往碗裡盛金黃的小米粥，一邊對副鎮長絮叨，「該動響器了，不動響器，下不來雨，動響器哇……」

副鎮長回答說，「愚昧。」

早飯後，洪景天帶著莽河登上了北固山。

風停了。灰色的、頹敗的一座小城，如畫一樣線條清晰地展現在了山下。莽河心裡暗暗驚訝，他從來沒有見過如此破敗如此荒頹又如此驕傲尊嚴的城池。到處是斷壁殘垣，所有的建築都破敗而灰暗，可卻有一種凜然的時光的尊嚴，籠蓋了這不容人輕薄的衰城。生活在這裡的人，臉上有一種落寞的驕傲，現在，這驕傲就閃爍在洪景天的眼睛裡，他向莽河描繪著這小城的「從前」——這是一座回憶的城，到處是「從前」的光榮與繁華：

從前，這北固山上，寺廟如林，玉皇廟、五道廟、奶奶廟、老爺廟，等等等等，是眾神的山。最有名的「天福洞」，其實叫「千佛洞」，老百姓叫訛了音。這千佛洞，依天然岩洞而鑿，供釋伽牟尼，裡面壁畫七彩輝煌。晚上，洞口點燃七星長明燈，一夜高懸。站在城中十字街上往山上看，這七星燈就像是永不熄滅的小城的福星。夜風中，飄蕩著一陣一陣清脆的鐘磬、悠揚的簫管……據說，從前大同府和烏蘭花的說書人，說這北固山的繁華盛景，半個月才從山頂說到山腰處……

從前，平魯城內商號林立，數不清的買賣字號，遍布大街小巷，什麼「永聚金」、「三義隆」，什麼「豐恒泰」、「復源長」，做山貨生意的「天慶園」，收羊毛的「協成店」，賣布疋綢緞的「萬成厚」……走高腳的駝隊，日日走在平魯城的大路小路上，這城中的大客棧，都有寬敞的院子拴得下幾十匹高腳牲口，人有歇處，駱駝、騾馬也有歇處，人有熱湯熱酒，馬有好草好料。到天明，精精神神一支高腳隊，穿城而去，清脆飽滿的駝鈴，是這城中不斷頭的音樂。攬工的窮漢，住不起大客棧，就住「留人小店」，這樣的留人小店，也有熱湯熱水熱火炕，給人消睏解乏。平魯城心胸寬厚，不勢利，是座仁慈的城。

從前，這裡的日子，充滿儀式感。一年兩次大廟會，搭臺唱戲，秋季還有騾馬大會。三月二十八，要到「天齊廟」燒香、坐會；四月初八佛誕日，一城人，五更天去廟裡「跪香」，香頭紅如繁星，一跪一炷香，跌一次香灰，磕一次頭。四月十八，是去娘娘廟送「滿堂鞋」，用彩紙糊十二雙小鞋子，給神神們穿。元宵、端午、八月半，不用多說了，二月二龍抬頭，要在五道廟請盲樂人吹打，為什麼？從前這裡狼太多，糟害人，五道爺是管狼的神，二月裡狼圍窩，生小狼，請五道爺出山降狼；七月十五是鬼節，家家捏麵人、點桃紅，上墳燒紙；冬至節要「鬧冬」，一家老小圍爐而坐，啃羊頭，吃羊蹄；臘月二十三，祭灶送神，大年初一五更天，男人們接神回宅，不光接灶神，還有各路家神、床公床母，一年到頭，神人同在……

現在，他們就站在這傳說中的北固山上，一切，蕩然無存。娘娘廟、五道廟、天齊廟都沒有了，就像從來沒有存在過。而千佛洞，裡面的洞口被嚴嚴地封死了，但洞口處插了根小小的枯樹枝，樹枝上綁了根紅布條，搖曳著，想來是有人在此求拜過什麼……有一度時期，山上，最高處，曾樹起過一座高高的領袖像，他高高地、孤獨地站在那個制高點上，人們悄悄搖頭說，「不好，讓主席給咱瞭哨了。」於是，又請了下來。終於，如今的北固山上，再沒有一個神，也沒有一個人了。

莽河在山上坐下來，靜靜俯瞰著腳下的小城，灰色的、頹敗的小城，在身旁這個人嘴裡、心裡卻如此五光十色和溫暖。他掏出菸盒，遞過去，洪景天抽出一根，他自己也抽出一根，背過身用打火機點燃了，他們靜靜地坐在荒蕪的空山上抽菸。許久，他開口說道，「洪景天，你比我熱愛生活。」

這話，讓洪景天意外，他想了想，回答說，「可能，是因為我沒有野心——你熱愛更宏大的東西，更抽象的東西。三島由紀夫自殺前寫了一張紙條，他說，『人的生命是有限的，可我想永遠活下去。』我沒有這樣的野心。」

是嗎？莽河不知道，也許他只是沒有「熱愛生活」的能力，樸實而真誠地生活的那種深刻的能力。那裡面的美和魅力，他體會不到。他從來沒有像身旁的這個人一樣，用這樣柔情似水的眼睛，凝視他日日生活在其中的故鄉。

三、跟我來

汽車在黃昏時分風塵僕僕到達了小城，人和雞、和豬崽、以及貨物一起擠下了車門。葉柔最後一個下車，她中途從安太堡上車，始終，沒有座位，先是站著，後來就擠坐在人家的行李包上，一路顛簸。此刻，在清新的春風中，她覺得自己灰頭土臉的就像一個女鬼。

一個人無聲地站在了她面前。

剎那間，她以為是在做夢。

他沐浴著夕陽，就像一個金人。小麥色的皮膚，散發著太陽的氣味。他比她記憶中似乎還要高大一些，她不敢眨眼睛，這是她生命中少有的一個神性又虛幻的時刻。但是他走上前來了，從她手裡，接過了髒兮兮的旅行袋，也不說話，掉頭就走。

她傻傻地站著，望著他的背影發呆。

他止住了腳步，回頭對她說道，「走啊！」

「去哪兒？」她終於脫口問。真實感漸漸回到了她身上。

「你住的地方啊。」

「我住的地方？我住哪兒？」

「FOLLOW ME。」他散淡地回答，好像他們分別不過才幾個小時。

說完，他大步流星朝前走，手裡拎著她的旅行袋，不再回頭。她只得跟上來，如同被劫持了一樣，跟在他身後，走過陌生的黃昏的街巷。她看著他在前邊走路的樣子，魂牽夢繞的樣子，眼睛漸漸濕潤。但是她告訴自己，不能哭啊，葉柔，不能哭。

到了。原來是「公社」的大院，門口，掛著鎮政府的牌子。

在最後一排窯洞前，一個年輕人迎了出來，看到他們，驚訝地喊了一聲，「哎呀，真接到了！」他一邊喊，一邊轉身撩起了窯洞上掛著的棉門簾。

「這是洪景天，詩人，我的朋友，」莽河給葉柔介紹著，「這房子，就是他給安排的。」

「我們這裡條件差，沒有招待所，來客人，都是住在這公社大院，」洪景天解釋著，一邊把葉柔讓進屋，「不過被褥還乾淨，一號下房莽河老師就曬被褥，曬了三天了。就是不知道葉柔老師睡慣睡不慣暖炕？」

「謝謝，」葉柔回答，「我喜歡暖炕。」

洪景天看著葉柔，看著這個從天而降的奇蹟，第一眼，他甚至有些失望。他以為，配得上這奇蹟的，應該是一個非凡的、妖孽般的女人。可她是平凡的，人間煙火的，好看也是那種大地上長出來的好看。可他抬頭看見了莽河那雙就像被突然照亮的眼睛，於是，他笑笑說道，「我先去食堂報飯，暖瓶裡有熱水，葉柔老師先洗把臉吧。」

說完，他出去了。

又在一個窯洞裡了，另一個窯洞，磚窯，刷了雪白的白灰，但仍然是陌生的，有著禁忌和誘惑的氣味。她默默望著他，此刻，他臉上的散淡不見了，她看見了一雙讓她害怕的眼睛，那裡，有深淵般黑暗的柔情和愛意。

她感到了危險。

「臉盆在哪兒？我想洗把臉，你先出去一下行嗎？」她語氣盡量平靜地下了逐客令。

他不動。

「你住哪裡？我一會兒過去找你。」她說。

他狠狠地盯住了她，她受不了他的眼睛，背過身去，假裝尋找臉盆。只聽他在她身後嘆息似地說道，「你這個女人，怎麼竟是鐵石心腸？算你狠！」

他一撩門簾憤憤地出去了。她無力地垂下雙手，在窯洞中央茫然地站了一會兒。後來她走到炕邊，在炕沿上坐下了，她發現自己像打擺子一樣在發著抖。

再見面時，已到吃晚飯的時間，他和洪景天一起出現在窯洞外，喊她去吃飯。他們都變得平靜，克制，甚至是，客氣。灶房裡，吃飯的仍然只有他們幾個和戴眼鏡的副鎮長，現在，莽河和這位副鎮長也已經熟了，知道他姓田，是個七七級大學生。他把葉柔介紹給副鎮長認識，說，「我朋友，來采風的。」葉柔馬上從隨身攜帶的挎包裡掏出了學校的介紹信，說，「鎮長，我來做課題。」

副鎮長接過介紹信看了半晌，笑了，說，「來的正好，明天，地區二人臺劇團要來唱戲，少不了要唱《走西口》。」

莽河也笑了，「真要動響器了？」

「可不，」副鎮長回答，「就算為了老百姓的心理需要，也得動——不過也怪，好多事，科學是解釋不通的，就算是巧合吧。大研究生別笑話我們愚昧。」

葉柔回答說，「我哪敢？」

又是一個純粹的黑夜，小城一片黑暗，稀少的幾點燈光似乎是為了襯托那黑夜的濃密和強大。仍舊沒有月亮，只有一彎月牙和滿天的大星星。他們三人，在葉柔的窯洞裡圍桌而坐。洪景天準備了酒、罐頭午餐肉和罐頭水果。酒是本地產的白酒，很烈。葉柔吃罐頭水果，喝一種苦苦的大葉茶。莽河和洪景天，則把燒酒咕咚咕咚倒在搪瓷茶缸裡，你一口，我一口，莽河喝的很沉默。

只有洪景天一個人，吃力地尋找話題。

「葉柔老師——」

葉柔打斷了他，「千萬別叫我老師，我只不過是個學生，你叫我老師，我以為你在叫別人。」

「那好吧，葉柔，我沒上過大學，也不知道『社會學』是講什麼的，我只是奇怪你為啥要選走西口這麼一個題目做論文？歌裡唱，戲裡演的，這老題目，還能做出什麼新意來嗎？」

「那要看你怎麼做了。」於是，葉柔認真地、過分認真地講解起來，關於社會學，關於這一段歷史中可能被遮蔽和過濾掉的內容，等等，她還說這一路採訪過來，她幾乎都想寫小說了。

「好啊，那你寫，寫小說一定比寫論文有意思。」洪景天回答。

葉柔熱情、認真的描繪，似乎，只是對著洪景天這一個聽眾，她始終沒看旁邊沉默不語只是埋頭喝酒的莽河。昏燈下，白酒濃郁的香氣，像某種凜冽的、有毒的、正在綻放的花，潑辣、強烈的香氣讓人心神不寧。半茶缸酒，不知不覺，見了底，莽河伸手去抓酒瓶，幾乎是同時，另一隻手也伸了過去，按在了瓶子上。

「你不能再喝了，」葉柔說，「這酒太烈。」

兩隻手，抓著同一只酒瓶，四隻眼睛，終於，在一晚上的掙扎之後，碰撞在了一起。葉柔看見了他眼睛裡的痛苦，她握酒瓶的手又在發抖了，可她仍舊死死地抓著，不放鬆，就像在無望的黑暗的大海中抓著一塊不堪一擊的浮木。

「不能再喝了。」她說。

他望著她。她真實的臉，罌粟花一般鮮豔濕潤的紅唇，還有，深不可測難以捉摸的眼睛，像在霧氣中漂浮著一般，一會兒清晰，一會兒虛幻。他笑了，搖搖頭，

「你是誰？葉柔，你是妖還是人？是魔鬼還是天使？你為什麼要這樣折磨我？」

她咬緊了牙關。

「葉柔，你這個壞狐狸，你為什麼要折磨我？」他的聲音，突然像個又無辜又委屈的孩子似的，軟弱的如同帶著露水的仙草，她的鼻子一下子酸了。

「是你在折磨我，莽河，你不講理，」她悄聲回答，「你不該在這兒。」

「為什麼？為什麼我不該在這兒？」

「求你，放了我吧，」她終於說出了這句話，「別再來打擾我——」

他一下子攥住了她握酒瓶的手腕，死死地，像鐵鉗一樣把那隻細瘦的手腕攥牢了，似乎，他一鬆手，她就會像煙一樣裊裊而散，「說，給我個理由！」他眼睛血紅，低聲咆哮，怒視著她，不像人，像受傷的野獸。

不知什麼時候，洪景天悄悄出去了。窯洞裡，只剩下了他和她。有毒的酒香，危險的酒香，早已讓她潰不成軍，她只是在做最後的掙扎。

「說！你說，葉柔，你給我個理由——」

「我害怕！」她突然衝著他大吼一聲。

「害怕？」他愣了一下，「你怕什麼？」

「我怕什麼？」她淒傷地反問一句，突然像決堤的河水一樣崩潰了，「你問我怕什麼？莽河，我怕我自己，我怕我會不顧死活地去愛你，迷失本性地愛你！我不是個隨便的、水性揚花的女人，我也不是瘋狂的、浪漫的女人，可我為什麼做了這麼瘋狂的事？……我怕你，莽河，因為你是詩人——詩人總是不斷需要新鮮的情感，新鮮的愛，新鮮的刺激，沒有這些永遠的新鮮大概就沒有詩人永恆的靈感——可我說到底只是個普通的女人，我需要的是普通的愛，執子之手、與子偕老的那種！你給不了我，莽河，你不可能和我平淡無奇的終老一生，那只會讓你厭倦——我怕你厭倦，我怕你有一天棄我而去，我怕我只不過是你生命中的一段軼事，一個插曲，我怕這樣的結局——」

他突然用一個熱吻堵住了她的嘴，心疼的、憐惜的長吻，心疼她的透徹和無助。他抱住了她，她想抗拒，但那抗拒不堪一擊。她的身體，她的心，剎那間就被這令人窒息的纏綿親吻瓦解了，她的靈魂好像被他吸吮出了體外，成了一縷遊魂，在這窯洞的上方含著眼淚凝望著地上的那個無可救藥的自己，淪入死亡般黑暗卻狂喜的深淵。

終於，他鬆開了她，說話了，他說，「葉柔，我不想欺騙你，海誓山盟其實很廉價，一生很長，我不敢說『終老一生』這樣的話……我奶奶說過，人都是摸黑走夜路的，你願意跟我一起冒個險嗎？」

葉柔抬起了臉，和他對視著，那是一雙絕對、絕對誠實的眼睛，深淵般黑暗的柔情和淚光足以讓任何一個善良的女人滅頂。良久，她伸出一隻手，撫摸他的臉，為他揩去眼角的淚痕。她知道她完了。她知道前邊就是地獄她也要朝地獄裡跳了。跳吧葉柔，她對自己說，這世上，所有絕美的東西都是短暫的、剎那的呀，比如晶瑩的朝露，比如綻放的春花，比如珍貴的少女之美和轉瞬即逝的青春……那麼，又有什麼理由要求愛情永恆？

他用雙手扳住了她的臉，「人都是走夜路的，這就是人生的魅力。葉柔，冒個險吧，也許，我明天早晨就會死呢——」

葉柔一下子捂住了他的嘴，「別瞎說，頭上有燈！」他微笑了，這陽光般無邪的微笑讓她感到了一陣揪心的疼。她把他緊緊抱住了，突然想到一個詞：挽歌，此刻她擁抱的好像是一段終將到來的挽歌，那是塵世的愛不能抗拒的宿命。

一顆流星畫過了塞外莊嚴肅穆的夜空。

第四章　半個月亮爬上來

一、小城之夜

後來，葉柔總是這樣問他，「莽河，你怎麼知道我要走殺虎口？」

莽河回答說，「我就是知道。」

「你怎麼知道我不會走河曲，從那裡過黃河？」

「你不會。」

「為什麼？」

「你過了嗎？」

葉柔笑了，說，「我差點兒就過了呢。」

莽河回答，「可你還是沒過。」

葉柔轉身望著他，「我做夢也沒想到，你會追上來，在平魯老城等我。」

「你想到了，我知道你想到了，要不，你怎麼會放棄過黃河呢？」莽河認真地說。

他們在平魯城停留了五天。

莽河以嚮導的身分，帶領葉柔爬北固山，就像當初洪景天那樣，告訴她哪裡是鳳頭，哪裡是鳳眼，指給她看千佛洞的遺跡還有石碑，看烽火臺，看遠處山巒上外長城殘破的蜿蜒。

晴好的春天，很難得，有風，但不凜冽，也不大，陽光很澄澈，長城、烽火臺、山巒，在肅靜的藍天下，有種格外清晰的蒼涼。葉柔瞇起了眼睛，出神地眺望著它們。

「這一路上，看了多少烽火臺，」她對莽河說，「清晨、黃昏、太陽當頭的正午，不管什麼時候，只要看見它，心裡就覺得特別傷感。」

「我也是，」莽河回答，「看見它，想起的就是戰爭、苦難、離散、還有死。」

「好像，還不僅僅是觸景生情，我也說不好。」

「那是什麼？」

「你說，」葉柔轉過來眼睛，望著莽河，「前生前世，我會不會是一個戍邊將士的妻子？丈夫戰死在沙場，我來這裡，尋找死去丈夫的遺骨，想把他帶回故鄉，可是我沒能找到……所以，生生世世，我都要來這裡找他？」

「怎麼像是孟姜女的故事？」莽河微笑了，「葉柔，也許你真該寫小說。」

「我不是開玩笑，」葉柔搖搖頭，「也許，真有前世的記憶，我們只是不知道罷了，但是它會讓你做出一些奇怪的決定，比如我，我一直覺得，雁門關、嘉峪關、邊塞、大漠戈壁，這些，是我此生必將到達的地方，這也是我為什麼要做這個關於遷徙的論文。當我第一次看到烽火臺，心裡一陣疼，不是形容，是真的心疼，物質的那顆心在疼，我恍惚覺得，那是一個舊景，我和它終於又重逢……」

莽河伸出胳膊摟住了她清瘦的肩頭，

「也許，我就是你要找的那個戰死沙場的將士。」

葉柔抬起頭，默默凝望他的臉，望了許久，

「是嗎？」她搖搖頭，「我不知道，要是的話，我應該心安了，可我為什麼還覺得不安呢？」

「看來你是個貪心的女人，你想要的太多。」莽河半開玩笑半認真地這麼說。

葉柔笑了，笑得有些憂傷，「好吧，我努力要得少一點。」

在這安靜、凋敝的小城中，葉柔收穫頗豐，洪景天帶領她走訪了一些十分有趣的人物，有出過口的，也有沒出過口的。眼睛副鎮長也給她安排了很好的採訪對象。那是識文斷字的老人，做過地方上的小學校長。他為葉柔一五一十梳理了平魯老城五百多年的歷史，以及那些商家的興衰，還有他們與口外和內陸的淵源。老人語氣平和，像講古，但是葉柔還是聽出了其中深藏不露的隱痛和傷懷。

這裡的人家，愛在躺櫃上、米缸上、門楣上貼一些紅紙條，上面寫些吉慶話。躺櫃上貼「用之不竭」，小櫃上貼「取之不盡」，米缸上貼「米麵如山」，而門楣上則是「出門通順」，牆上貼的是花紅柳綠的楊柳青年畫，「燕青賣線」、「三打陶三春」、「梁山伯與祝英台」。葉柔坐在人家的炕上，這些紅紙條，這些年畫，會讓她突然湧上來一陣說不出的眷戀和感動，為這種安靜、平和、樸素的希望和又有幾分狡獪的生活姿態。

晚上，是最愉快的時刻，他們三人盤腿坐在火炕上，圍著一張小炕桌，開一瓶白酒，沏一大茶缸大葉茶，沒有下酒菜，佐酒的是帶殼的炒花生、醉棗、炒南瓜籽和綿綿無盡的話題。酒香、醉棗的醇香，繚繞著，加上大葉茶的苦香，使夜晚變得亢奮。有時小城的文藝青年也會加入進來。有一晚，莽河講起了高更的故事，高更怎樣獨自在塔西提島上遊歷並尋找到了他的毛利新娘。高更和凡高，那是八十年代文藝青年們的神，文藝青年們嚮往並集體詩化了那樣的人生：自由、浪漫、富有獻身的勇氣和激情。這故事讓在場所有的人都慨嘆著自己人生的蒼白，可是只有葉柔想到了這故事的結局：那個鬢邊永遠插一朵紅花的姑娘，兩年後，憂傷地坐在岸邊，目送著一艘輪船遠去。那船開往歐洲，船上，有離她而去的男人。

莽河說的不錯，她是個貪心的女人。她問這世界要的太多。

這一晚，等人群散盡，在滿地花生皮瓜子殼的窯洞裡，葉柔叫住了莽河。

「莽河，你願意跟我走一程嗎？」

「當然願意，」莽河回答，心裡有些奇怪，「咱們不是已經說好一起走了嗎？」

「我是說，真的走，步行，一步一步，走到四子王旗，願意嗎？」葉柔望著他說。

兩個男人同時叫起來，天哪葉柔！於是，他們迎來了一個巔峰，夜晚的巔峰。葉柔笑了。可是她知道，再長的旅程也有終點……洪景天吃驚地發現，這一瞬間葉柔美得不可思議，她像被某種神光照亮了一樣，美，卻不祥。

莽河立刻在炕桌上攤開地圖，尋找著，四子王旗，當年的烏蘭花，無論過去和現在，這名字都很動聽，有一種傳奇性。他們在地圖上計算著距離，討論著路線，計畫著每天可以走多少公里。討論到最熱烈的時候，莽河突然抬起了頭，望著葉柔不相信地問道，「寶，你真行嗎？」葉柔臉紅了，還沒等她回答，莽河自己搶著回答了，「沒關係，你要真不行，我背你。」

洪景天隱藏起了他的不安，他願意相信那是一種錯覺，他笑著叫起來，「我說行了，我都要羨慕死你們了——可惜我請不了假，我也不能像莽河一樣說辭職就辭職，我更學不了高更，我不是你們——我要能做你們多好！我要能跟你們一路走多好！」

莽河猛地給了洪景天一拳，「兄弟，別，別說這種話！我們到一處地方，只要有電話，我一定給你打電話。」

「我會給你寄明信片，」葉柔也這樣說，「我保證。」

洪景天望著他們，忽然之間有一種做夢的感覺，多年之後，他回憶起這些夜晚，仍然感到那裡面有一種奇怪的虛幻感。可它們多美！某一天，一個陌生的詩人，揹著簡單的行囊，突然來到你生活中，和你談論詩和愛情，激起你內心的波瀾，然後消失。這樣的時光，夢境般的時光，如同白雲，飄浮在生活之上，供人仰望，所以，它又格外殘酷。

那一晚，他們忽然都有了一種不捨之情，為即將到來的分別。洪景天和莽河，不住地碰杯，兩個人都醉了。後來連葉柔也加入進來，三個人喝乾了兩瓶燒酒，葉柔只記得自己呵呵笑得很響亮，然後，就什麼都不知道了。

二、葉柔的田野調查筆記

清早，洪景天送我們出東門，上路。太陽出來了，但天色黃濛濛的，洪景天說，「看樣子下午要起大風。」

我們說，「沒事兒。」

莽河說，「我們朝東北方向走，順風順水。」

洪景天他一直送我們走出很遠。

莽河說，「兄弟，送君千里，終須一別，回去吧……」

我沒敢看洪景天的眼睛，我怕自己忍不住掉淚。我只是回頭留戀地看了看平魯城，鳳凰城，我不知道這一輩子還會再來這遙遠的小城嗎？

莽河突然動情地擁抱了一下洪景天，說了一聲，「後會有期！」然後，他猛地轉身，拉起我的手，沒有再回頭。就這樣，我們上路了。

走出很遠，很遠，突然，身後傳來了「二人臺」的歌聲，高亢，嘹亮，說不出的悲傷：

「哥哥你走西口，
小妹妹實在難留，
手拉住哥哥的手，
送哥送到大路口——」

我驚住了，是洪景天，我猛地回頭，遠遠地看見他背朝著我們，邊唱邊往回走。「二人臺」特殊的發聲方法，使這歌聲嘹亮到近於淒厲，他用這種淒厲的歌唱為我們，不，為莽河送行，這裡面，應該有我不能完全瞭解的東西：男人間的情義，古典的情義，士為知己者死的那種恩義……

我看到了莽河眼裡閃過的淚光。

太陽鑽到雲裡去了，我們沉默地走，公路像河流一樣，在山巒間跌宕著。爬上一個高高的陡坡之後，莽河站住了，回過身來，朝來路的方向，望了很久。其實，從這裡，已經看不到平魯老城了，山遮擋住了它。但我知道他是在看它，在心裡看。我也和他一起看，這小城呵，把莽河還給了我的珍貴的小城，還能再見到它嗎？

終於，他摟了一下我的肩，說，「走吧，寶，我們上路！」

我心裡一暖，上路了。這是前人的路，也是我們兩個人的。現在，天地之間，山水之間，只有我們，我和他，千溝萬壑之中，初起的呼呼的風中，只有我和他。我的手被他攥在手裡，葉柔，可以了，這一刻長於百年。

中午，我們來到了一個叫「花家寺」的村莊，風已經很大了。找到了這村中的村長，村長將中飯派到了一戶趙姓人家。這家裡男人學名叫趙有成，七十一歲了，瘦瘦小小，腦子還很清楚，身體也很健康，剛剛才犁地回來。他早年出過口，和村中一個後生做伴，出七墩，到過和林、呼市、武川，給人叼工。最後，在武川縣拔麥子時，被傅作義的部隊給抓了兵，當時是半夜，他正睡覺，村裡人欺生，指認著叫兵們一繩子捆了他。他在傅作義的部隊裡當騎兵，南征北戰，到過河北、甘肅、寧夏，解放軍圍城時，他正在北京，駐防在西南門一帶，傅作義率部起義，於是，他又參加了解放軍。三年後，從西北轉業回鄉，娶了一個寡婦女人。那年，他已經三十八歲了，寡婦給他帶來兩個孩子，又和他一口氣生下五個，如今，老人兒孫滿堂。

初來乍到，萍水相逢，有很多事情是沒辦法深問的，談起往事、經歷，都不過是短短三言兩語。艱辛的一生，就如一股淡淡的水，遠遠流走了，無風、無浪、無聲、無息。一路走來，我愈來愈懷疑，如果沒有足夠的尊重和敬畏，我有權利闖進人家命運的深處嗎？比如眼前這個女人，知道她是再嫁的寡婦，一問，她和頭一個男人成親那年，才虛歲十四！就生兒育女，給人家當起了女人。再問，原來她是被自己的親姑父領到「人市」上，以「捲席筒」的方式，賣給自家的男人的。

據說，這「捲席筒」買賣人口，是口外一帶的舊俗，就是將人用一領席子捲起來，買家可從席筒兩頭伸手進去，捏捏腳，捏捏腿，摸摸人臉的輪廓，討價還價……真是駭人聽聞！聽上去就像是在買賣牲口。我望著已經快六十歲的老人，不知道當初虛歲十四的那個孩子，被一領席子裹捲進黑暗之中的那種恐懼，當無數陌生的、強暴的男人的手伸進席筒摸她、捏她的時候，一個潔白無瑕的身體會感到怎樣的羞辱和無助。如今，她臉上帶著平靜的微笑，三言兩語，說著「捲席筒」，就像在說一件遙遠的別人的故事。

午飯端上來了，是蓧麵窩窩和蓧麵魚魚，看來她是個精幹的女人，飯做得很細緻，蘸窩窩和魚魚的調和很香。蓧麵是雁北一帶最主要的農作物，學名叫「裸燕麥」，耐寒。蓧麵窩窩是一種蒸食，各地叫法不同，在晉中等地，被叫做「栲栳栳」。民歌裡這樣唱：交城那個大山裡，莫啦好茶飯，只有那個蓧麵栲栳栳還有那山藥蛋……說的就是它。飯後給人家飯錢，死活都不收，趙老漢說，「笑話，笑話，一頓粗茶飯，哪能要錢！」心裡很感動，知道再堅持就是矯情了。莽河說道，「大爺，我給你們一家人照幾張相吧。」

這提議讓大爺高興。

這家女兒，打扮得像個城裡姑娘，很時尚，燙過的頭髮高高攏起別在腦後，穿水洗布牛仔褲，是個初中畢業生。吃飯前，一個人趴在炕上練毛筆字，用小楷抄著什麼東西。我看了看，原來她抄的竟是一篇小說。我問她，「是小說嗎？」她點點頭，告訴我，作者是她的同學。現在，聽說要照相，她轉身進了對面的窯裡，再出來時，脖子上多了一條漂亮的紅紗巾。

莽河給大爺一家拍了許多張。

告辭時，大爺挽留我們，說，「住下吧，晚上看戲。」原來村裡搭起了戲臺，請來了劇團要唱兩天大戲，連本《劉公案》。我們當然不能住下，於是，大爺送我們出村上汽路，這時，天已是昏黃一片了。

狂風大作，風捲著飛沙走石，撲打在臉上，生疼，真是塞外的大風，名不虛傳，能吹破琉璃瓦。莽河戴上了墨鏡，我則用一塊紗巾整個包住了頭和臉。來到一面草坡前，莽河要給我拍照，大聲喊，「留個見證！到此一遊——」我臉裹紗巾，在風中踉蹌著站也站不住，身上的燈芯絨風衣鼓得像風帆一般，而他則根本端不穩手中的相機，那一定是一張對不準焦距的照片，影像模糊，卻清晰地攝出了歡樂：它為我們的歡樂立此存照。

那是一條汽路，卻不見一輛汽車，一路行來，也幾乎沒見一個路人。飛沙走石的大風中，只有我們這兩個旅人。路盤著山，繞來繞去，一會兒頂風，一會兒順風。他拉著我的手，頂風時他低頭走在我前面，試圖用身體為我擋風，順風時我們則腳不點地似的並肩飛跑……他在風中一邊跑一邊扯著嗓子嚎叫似地唱：

「哥哥妹妹走西口——」

傍晚，風終於小了下來。天就要黑了，一個小水庫突然出現在眼前，小小的一灣，碧綠安靜，灣在乾旱枯黃的溝壑間，又溫柔，又孤寂。水庫後面，是一個小村莊，牛家堡，那就是我們今晚準備投宿的地方。

三、西口，西口

多年後，莽河仍舊能回憶起那些名字：梁家油坊、高牆框、右玉老城、殺虎口……這些貌不驚人的北方邊地的普通地名，在後來的時光中，將像紋身一樣紋進他心裡，和他如影隨行。

那是他們永恆的蜜月。

走進右玉縣境，天氣似乎一下子轉暖了，他們和黃土高原遲來的春天猝不及防地相遇在了這個省分的最北端。公路一直沿著一條叫蒼頭河的河流北上，河谷裡，意想不到的秀麗甚至是嫵媚，一叢一叢水柳，這兒一蓬，那兒一蓬，遠遠看去，一蓬紫，一蓬綠，一蓬鵝黃，竟是江南的顏色；一片一片返青的樹林，小葉楊，北方最常見的喬木，卻長得異常乾淨、挺拔，嫩綠的葉片，樹幹潔白如同白樺。樹叢裡，「倏——」地一下，閃過了野兔的身影，又一下，則飛過了漂亮的野雞。喜鵲跳跳蹦蹦在沙洲邊飲水，而遠處綠茸茸的草灘上，則有人在放牧牛羊。

許久以來，看慣了漫天風沙和寸草不生的荒山禿嶺，看慣了孤獨的烽火臺、殘破的外長城這些粗礪荒寒的塞外景色的眼睛，一下子，如同看見了一個夢境。他們禁不住走下了草灘，陽光下，青草生澀、新鮮的腥氣如同某種愛撫一般讓他們腳步變得柔軟。他們溫柔地、小心翼翼地踩著久違的青草，突然間，莽河「嘿——」地大喊一聲，一回身，緊緊抱住了身邊的葉柔。

「你怎麼了？」葉柔嚇一跳，慌忙問道。

「沒怎麼，」莽河小聲地回答，「就是想抱抱你——我還沒在春天裡抱過你……」

葉柔不說話了，她把臉默默地貼在了他暖暖的胸前，一陣鼻酸。這個花言巧語的傢伙啊，葉柔想，一邊伸出雙臂抱緊了他。他們就這樣抱著，在草灘上站了許久，洶湧的草香如同河浪一般使他們暈眩，莽河低下頭去，望著葉柔的臉，突然輕聲說道，

「葉柔，為什麼你總是讓人這麼心疼呢？」

咩咩的羊叫聲，打著顫，突如其來地，驚擾了他們，一群羊馴順地從他們身邊擁擠著走過，兩個小羊倌，一個十四五，一個十二三，手持羊鏟，小的那個，用樹枝架著行李捲，挑在身後，正好奇地瞪大眼睛，打量著這兩個擁抱在一起的男女。

「你們是照相的？」大的那個指著莽河身上的照相機這麼問。

他們兩人對視一眼，笑了。

被人當作走鄉串村照相的手藝人，這已經不是第一次了。就在兩天前，他們在公路上碰上了一隊馱水的牲畜，十幾頭毛驢、騾子，浩浩蕩蕩晃晃蕩蕩馱著木桶，緩緩從坡上下來，莽河舉起相機拍下了這鏡頭。忽聽公路下面的溝底有人大聲喊：「照相的！照相的——」

那是一戶莊戶小院，土窯，木窗，緊鄰著土崖。乾乾淨淨的院子裡，曬著糧食。一個年輕的農婦正在向他們招手。

「叫我們？」兩人你看我，我看你，居高臨下，一時沒聽明白。

「照相的！下來！給照張相——」

他們一下子笑了，急忙回答說，「好——」

於是，他們下到了溝底，來在了人家的院子裡。一條極凶的大黑狗，汪汪叫著，被一個小女孩用手蒙了眼。女人抱著一個小孩子，精明地打量著他們，說道：「先看看你們的相片，好才照呢！」

莽河衝著女人笑了：「大姐，我們照相不要錢，我們用相片換你一個故事。」

女人瞪大了眼，沒有聽明白，是啊，誰能聽明白他在說什麼？他望著女人懷裡的孩子，問道，「是要給這孩子照相吧？我看看，讓孩子坐在哪兒？……」他四面望望，然後用手一指攤在地上的糧食，金燦燦芳香的一攤，「這兒不錯，大姐，你把孩子放這兒——」

後來，這位年輕冒失的農婦，這位大姐，總算弄明白了他們不是流浪四方的「手藝人」，可他們究竟是幹什麼的，卻始終懵懵懂懂。不過，結局是溫暖的，他們給孩子和糧食、女孩兒和大黑狗、女人和窯洞、和石磨碾盤、和窯頂上的棗樹、和一碧如洗的藍天，都拍了照，他們留下了女人的地址，知道了這小村的名字叫「交界」，女人的名字叫「石桂花」。然後，他們就在交界村石桂花家的炕頭上，吃了一頓很香很可口的午飯，蓧麵搓魚魚，炒酸菜，羊肉口蘑調和。

還聽了一個故事，是關於石桂花的公公，一個賭徒，早年間走口外的故事。

此刻，在這陽光燦爛的草灘上，兩個小羊倌見多識廣地、好奇地站在了他們面前，說道：「你們是照相的？是照相的吧？」

「對，」莽河笑著放開了葉柔，「小兄弟，想照相是不是？」

「照一張，多少錢？」羊倌警惕地、審慎地望著莽河的眼睛。

「不要錢！」莽河爽快地回答。

兩個孩子吃驚地瞪大了眼睛。

「不要錢，小兄弟，本來我們是用相片換故事的，你們倆，優惠，故事也免了！」

兄弟倆，你看我，我看你，終於，大的那個想起了什麼，問道，「你們是記者？」

「算是吧。」莽河信口回答，「來來，站好！——」

於是，照相機鏡頭對準了這小哥倆，他們身後，是羊，是波光粼粼溫暖的蒼頭河。弟弟蹙著眉頭，一言不發，挑著他的行李捲，哥哥則露出一點憨笑。葉柔望著他們笑了。

「照片給你們寄哪裡呀？」葉柔問那個哥哥。

「中旗，察右中旗，廣昌隆公社，黃羊溝村。」這次，搶著回答的竟然是弟弟。

「察右中旗？」葉柔愣了一下，「那是在內蒙啊！」

「是，是在內蒙，中旗是我們家。我倆在這裡徐村，給人家放羊……」哥哥說道。

哦，葉柔不笑了，她望著這兩個小小年紀背井離鄉出外打工謀生的小羊倌，這勇敢的讓人動容的小哥倆，不知道該說些什麼。她想伸手摸摸弟弟的腦袋，又覺得這是個輕浮的動作。許久，她衝著弟弟點點頭，

「我們只要碰到能洗照片的地方，就馬上把你們的照片洗出來，寄回那個——察右中旗，黃羊溝村，是黃羊溝村，對不對？讓你媽媽看看你們現在的樣子。對了，小弟弟，你剛才一直沒有笑，你是不是應該笑一笑？讓你媽媽看了高興和放心？來，我們來重拍一張，拍一張快活點兒的，怎麼樣？」

這一次，面對著鏡頭，弟弟笑了。黑黑的小臉，風吹日曬粗糙的小臉，一笑，猶如萬物花開。笑容在他動物樣潔白的牙齒上閃爍著，流光溢彩，一個媽媽看到出門在外的小兒子這

樣的笑容，一定又驕傲又傷心。

如今，他們竟然真的站在了這個叫「察右中旗」的地方。

時間是在半月之後，天氣已是晚春的天氣，河套平原上的太陽在正午時分已經讓人感到了幾分灼熱。從殺虎口出來，他們最終還是選擇了乘汽車直奔呼和浩特。因為在殺虎口，莽河生病耽擱了一週的時間。抵達殺虎口的當晚，莽河半夜裡發起高燒，止不住地瀉肚子，腹痛如割，急性腸炎也許是痢疾改變了他們預計的行程。這是此行中最讓莽河感到沮喪的地方，從平魯老城到殺虎口，兩百多公里的跋涉居然就放倒了他這樣一條一米七八的漢子！他躺在小鎮的衛生院裡輸液，葉柔安靜地、片刻不離地守在他的病床前，為他擦汗，扶他上廁所，操心著液體的滴速，做著一個看護該做的一切。他躺在那裡，一遍一遍地重複著同樣的話，

「真該死，我要是不喝那瓶啤酒就好了，一定是那瓶啤酒有問題！」

「可能。」葉柔回答。

「我當時就覺得不對勁，那麼渾濁。」

「是，你是說了。」

「那你為什麼不攔著我？」

「對不起。」

他一遍一遍地問，「你為什麼不攔著我？」她則耐心地、抱歉地一遍又一遍地回答，「對不起，對不起……」好像一切都是她的錯，都是因為她沒有阻攔。其實，他和她都明白，他要說的，不是這個。

幾天後，他病癒了，但嚴重的腹瀉使他消瘦脫形。這期間，葉柔借用鎮政府的電話和導師聯繫了一次，導師要她在某日之前返校，也就是說，這個日子，比原計畫提前了一些。這樣一來，他們不得不改變那個在河套平原漫遊的計畫了，只得改乘長途汽車登程上路。

離開殺虎口的前一天，黃昏時分，他和她爬上了山坡上明長城的遺跡，默默眺望著腳下的城池，遠處的群山。從前，這是古長城上最重要的關隘之一，唐時稱它白狼關，宋時叫它牙狼關，是兵家扼守的要塞。清代以後，這裡遂成為通往口外、通往河套平原、蒙古高原乃至更遠的地方——大庫侖（烏蘭巴托）和俄羅斯西伯利亞的重要通道。現在，從山西開往呼和浩特的長途汽車，仍然要從此口經過。

古長城早已殘破不堪，坍塌了，但有些地方仍然能夠看得出它頑強的、不屈不撓孤獨的蜿蜒，最後的蜿蜒。殘陽如血，是一天中最憂傷的時分，那一點依著山勢殘存的痕跡就像長城的遺骨，遺骸，像它的幽魂。葉柔撫摸著土質的殘牆，突然有一種強烈的悲愴與不捨。莽河伸手摟住了她，他們就默默地站在長城的遺骸之上看著夕陽一點一點墜入群山。平生第一次，他們看到了一個壯美的長城落日。

「真美！」葉柔歎息似地輕輕說道，「殺虎口，再見了，——」

天色就要黑下來了，這時，莽河突然沒頭沒腦地說了一句，「對不起——」

葉柔回頭看他。

「對不起，」莽河不看她，他眼睛望著漸漸沉入黑暗的山巒，「這些天，你跟我說了那麼多對不起，其實，該說對不起的，是我……葉柔，謝謝你——」

葉柔無聲地笑了，沒有回答。

「你怎麼不抱怨呢葉柔？我那麼不講理，像小孩兒似的胡攪蠻纏，任性。」

葉柔望著他輕輕搖搖頭，「莽河，告訴你一句話，男人不會成熟只會變老。」

他猛地回頭，瞪起了眼睛。

她笑了，「這不是我說的，是一個叫保羅．艾呂雅的人說的，是你們詩人自己說的。」

他也笑了，更緊地摟住了她纖細的小肩膀，那纖細總是給他一種錯覺，以為稍用些力氣就能使它散架。可其實它是堅韌的，有擔當的，寬厚的，病中，有許多昏昏沉沉朦朦朧朧的時刻，在異鄉昏暗的燈下，他以為是母親的手在撫摸他，為他做著那些瑣碎而吃力的、親昵又溫暖的事。

「你燒的迷迷糊糊的時候，一直叫『媽——』」葉柔溫暖地說，「像個孩子。」

月亮升起來了，是輪大月亮，清澈，皎潔，無限明淨。起了山風，月光下的山風，浩蕩而纏綿。這是屬於「口內」的最後一夜，長城、關隘，明天一早，就要和這一切告別。他們在風中擁抱著站了一會兒，葉柔說道，

「一千年前，我肯定來過這兒……莽河，你信嗎？」

「我不知道，」莽河老實地回答，「葉柔，我不知道。」

她寬容地、寬厚地笑笑。

「一千年前／一個今天的姑娘站在唐朝的山巔／他們合謀掩埋了一個祕密——葉柔，這是一首詩的開始。」莽河說。

葉柔心裡一暖，是啊，那是一個什麼祕密呢？為什麼她對這樣一個荒涼的、非親非故的異鄉，一個從沒到過的地方，這麼依戀，這麼動情？為什麼對於「遷徙」這樣一個受人冷落的題目這麼熱情和癡迷？她不知道，也許，永遠不會知道，但她的腳曾一尺一尺地親近過、穿越過這片土地，在二十世紀八十年代中葉，在交通工具已經很發達的時代，她選擇了最古老的方式向這土地表達了她的敬意，這如同一個生命的儀式。

第二天上午，從右玉縣城開來的長途汽車，將他們載到了呼市。從那裡，他們搭乘一輛順路的卡車，來到了烏蘭察布盟盟府所在地集寧市，葉柔的導師有個學生，在這裡的師專教書，他負責接待了他們，並建議他們去察右中旗，因為，那裡從口內出來的山西人很多，而

且，開發後大灘的時間要早於他們原來的目的地——四子王旗。

就這樣，他們來到了兩個小羊倌的故鄉。

中旗，過去叫陶林，這是一個他們從沿途鄉親們嘴裡早已聽熟的名字，它幾乎掛在每一個出過口外的老鄉嘴上，有太多和他們命運相關的故事發生在這個地方。導師的學生為他們介紹了幾個本地的朋友，在文化館或學校一類的地方供職。朋友告訴他們，從前，更早一些的時候，陶林不叫陶林，叫科布林。科布林是蒙語，什麼意思？一個姓王的朋友說，科布林就是「藍色的湖泊」，而另一個余姓朋友則說，科布林意即「軟綿綿」，因為這裡到處是沼澤，還有一層意思，在放牧的時代，這裡的羊從來不剪羊毛，由它自己脫落，脫落的羊毛使這裡變成一個綿軟的世界。

總之，這是一個豐美的地方，草肥水美，牛羊肥壯。

起初，他們是從姓王的朋友那裡，聽說了「義興全」這樣一個名字，他們一邊喝酒一邊聽老王講家史，老王的祖父，早年間，從山西定襄出口謀生，從推車挑擔做起，終於，在離科布林鎮十幾里的地方，開了一個商號「義興全」，經營布疋、馬群。後來，跑馬圈地，雇人耕種，漸漸地，就有了一個叫「義興全」的村莊。

這讓葉柔心裡一動。

「王老師，」葉柔開口問道，「有個『廣昌隆』鄉，也是一個商號的名字嗎？」

「對，不錯，」老王回答，「科布林有很多村子，都是叫商號的名字，像廣昌隆啊，廣益隆啊，義興全啊，都是。」

「為什麼？」葉柔忙問。

「當年，這些村子，都是商號的地莊子呀。那時候科布林還是牧區，無人耕種，傳說它有九十九個海子，草鮮水好，到夏天，草長得沒住人腰。咱山西商人，以商號的名頭，在這裡跑馬圈地，買下地莊子，再雇口內的老鄉，來這裡開荒、耕種，種麥子，種穀子，當然也種洋菸，也就是罌粟。有人春天來，秋天走，有人就落住了腳，在這裡栽根立後，這裡，就有了一個一個農耕的村莊，有了一代一代種田的農民，有了雞鳴狗吠，有了口內所有的一切，後大灘就這樣被開發了出來。」

哦！原來是這樣，葉柔突然激動起來。那是葉柔第一次探尋到了「山西商人」或曰「晉商」這樣一個特殊的群體，探尋到了這樣一段在正史中從來未著一字的歷史。她很興奮，在中旗的街頭四處遊蕩，想尋找到這些商號的痕跡，尋找到一個可以觸摸的歷史的入口。當然，她什麼也沒找到。

太陽沉落了，一天就要結束了，在一條小巷口，她和莽河碰到了一班鄉下來的「鼓匠」，遠遠地，他們就聽到了鼓匠的吹打。原來，巷裡有人家歿了人，請來了廣昌隆鄉小東灘的鼓匠班子守靈發送。他們站在看熱鬧的人群裡，嗩吶嘹亮高亢，又快活又哀傷。看熱鬧的人評點著說，「比街上的班子好！」葉柔和莽河這兩個外鄉人，也不知道這「街上的班子」是指哪一家。

鼓匠們吹打的，是晉地的民歌小調，想親親，割洋菸，還不斷地有人在一旁點曲子，說，「吹段《走西口》——」果然，嗩吶一頓，轉了調，淒厲地如同一個女子的叫板，《走西口》來了。

「哥哥你走西口，小妹妹實在難留……」

嗩吶哭著，喊著，是晉地那些名叫翠蓮、桂花、翠英、桂梅的女人們幾百年來的哭訴，一代一代的翠蓮、桂花們，一茬一茬的翠英、桂梅，站在她們家鄉的崖頭，村口，朝著黃塵大路，朝著蒼天喊叫。晉地女人們哭破了嗓子，眼淚流成了血河，於是，長草的地方有了莊稼，有了村莊，有了商號，有了幾個男人的功業。

嗩吶真是個好嗩吶，它朝人心裡鑽。葉柔流淚了。

第二天，他們乘車來到了廣昌隆鄉。

四、墓誌銘

車停在黃羊城時已是傍晚七點鐘。從呼市開來的長途汽車，一路風塵卸下了他們，這裡，就是廣昌隆鄉了。暮靄中，四野顯得蒼茫遼闊，遠遠一脈平緩柔和的山坡，圍著大片青青的麥田。只有銀弓山，蒼青峻偉，在平緩的山背上忽然畫出極奇特突兀的曲線，幽幽的，黑黑的，神祕安靜。據說銀弓山裡蘊藏著墨金。

太陽一點一點地從銀弓山上栽下去。

黃羊城沒有旅館，他們找到了「公社」也就是廣昌隆鄉政府，準備投宿一晚。不巧，這天，鄉裡來了一群大人物，盟裡的副盟長、旗長、以及一大批隨從，到這鄉裡視察。鄉裡的上上下下，忙得誰也沒有功夫看這兩個年輕人一眼。他們只好走了出來，重新站在了公路邊，兩人你看我，我看你，笑了。

「他媽的，我要是省長就好了。」莽河聳聳肩膀。

「多可惜呀，你不是，」葉柔學他的樣子也聳聳肩，「詩人，這裡離黃羊溝村有多遠？」葉柔問道。

「從地圖上看，怎麼也有十多里。」莽河回答，「你想趕夜路？」

「你不想？」葉柔反問。

「有狼。」莽河嚇唬她說。

「反正露宿曠野也是餵狼。」葉柔嫣然一笑。

莽河也笑了。奔波了一天，又累又餓，再趕十幾里夜路，他真是怕葉柔吃不消。「我說，你行嗎？」他問葉柔。

「有你呀，」葉柔回答，「走不動，你揹我！」

多年之後，莽河常常想起這句話，這是葉柔跟他說過的唯一一句撒嬌的話，小女人的話。這一路，千辛萬苦，住過最破的破窯，蓋過黑乎乎最髒的破棉被，受過各種冷眼，經歷過酷烈的風吹日曬，可是，她從沒有跟他撒過嬌，她也從來沒有跟他說過，累，餓，或者，哪兒哪兒疼、癢、難過……好像，她纖細好看的身體不是一具肉身，不是一具血肉之軀。這讓他訝然，那時，他以為這具身體是遠比常人堅韌的，柔韌的，受著神格外的庇佑，是一具金剛不壞之身。

他們回去和鄉政府的看門人打聽清楚了方向，就上路了。路是一條大路，坦途，灑滿月光。月不是滿月，是半輪月亮。抬起頭，滿天的星星，有種懾人的綿密和靜。夜風吹來麥苗新鮮的香氣，麥田裡，遠遠地，這兒一盞，那兒一盞，亮著滅蟲的黑光燈。

「半個月亮爬上來，咿啦啦，爬上來——」莽河突然放聲唱起了這支關於月亮的歌。

「照著我的姑娘梳妝臺，咿啦啦，梳妝臺……」葉柔也小聲地合唱。

「月亮出來亮汪汪，亮汪汪，想起我的阿哥，在深山——」莽河又唱起了另一曲月亮的歌。

「哥像月亮天上走，天上走，山下小河淌水，清悠悠……」葉柔又小聲地跟上了下半段。

他們就這樣走著，唱著，一支接一支，唱著天上的這輪月亮，千年萬年的這一輪月亮，原來世上有這麼多關於月亮的歌，中國的，外國的，從前的，今天的，唱著唱著，莽河忽然住了口，他跨到了葉柔的前面，彎下了身子，說道，

「來，上來！」

葉柔莫名其妙，「幹什麼？」

「上來呀，」莽河回答，「你不是說，走不動了，讓我揹你嗎？」

「我沒走不動啊？」

「你就是走不動了！」

「我沒有！」

「就算你走不動了，行嗎？」莽河回頭，望著月光下她的眼睛，那眼睛深、黑、安靜，他們對視了片刻，葉柔有些羞澀地笑了，「就揹一小段。」她說。

他真的揹起了她。

他揹著她，走在灑滿月光的公路，清香的公路。夜很壯闊，他們很小，很親。她伏在他背上，像在方舟上搖晃。他們走的又沉默又溫暖。

「莽河——」她輕輕叫了他一聲。

「嗯？」

「跟你說實話，我是走不動了。」

「那你為什麼不早說？」

「好多時候，我都走不動了……走不動的時候我就想，不怕，有莽河呢，我倒下了，他會揹我……」

「可你一次也沒跟我說過，你一次也沒讓我揹過。」

「你這不是在揹我嗎？……你真有力氣，哥。」

這平常的一句話，不知為什麼，差點讓莽河掉淚。一句話從他嘴裡脫口而出，

「葉柔，你願意一輩子這麼走下去嗎？和我？」

終於，他說出了那個詞，那個禁忌：一輩子，或者，永遠。他許諾了，海誓山盟了。他自己似乎也被這許諾驚了一下。

良久，葉柔嘆息似地說了一句，「哥，別說這樣的話，我會當真的。我不要你的一輩子——」

「那就三生三世。」他說。

她摟緊了他，把她的臉緊貼在他的脖子上，慢慢地，有熱呼呼的東西濡濕了他的脖子。這無聲的流淚讓他說不出的心疼和感動，他不知道她身上為什麼會有一種不明究裡的原始的哀傷，對了，是原始的哀傷，那是她身上最打動他的地方，那裡有一種神祕的力量。

那晚，他們在近九點的時候終於敲開了小羊倌家的大門。差不多一村的狗都叫了，第二天一早，一村人都知道張七十一家昨晚留宿了客人。

張七十一是兩個小羊倌的爺爺，六十出頭，關節炎讓他走路一瘸一跛。他爺爺七十一歲那年他來到人世，於是「七十一」就做了他的名字。兩年前，他自己的兒子，也就是小羊倌的爸爸，在口內揹窯被砸死，老伴生病拉下了饑荒，不得已，才讓自己的兩個小孫子去口內給人家放羊。

小羊倌們的娘，胡冬姐，捧著兒子的相片，兩手直哆嗦，眼淚撲簌簌落個不住。

因為這幾張照片，他們兩人，就像傳說中傳書的柳毅一樣，被張家一家人奉做了貴客。胡冬姐給他們捅火做飯，擀麵條，攤雞蛋，熗蔥花，吃了，喝了，又從鄰家新結婚的新娘子那裡，借來了兩床新被褥，那被褥又鬆軟又沉實，散發著新棉花的香味，太陽的香味。莽河睡在羊倌兄弟住過的小屋，葉柔則和胡冬姐睡在一條炕上，他們睡得十分安穩、安心、香甜。這是一路行來，他們蓋過的最乾淨清香的棉被，最溫馨有情義的棉被。

第二天，早飯後，他們就聽張七十一給他們講村史和張門一族的故事。當年，這裡還是牧區，張七十一的老老爺爺，一個名叫張善的後生，從晉地老家忻州東紅院來到了這裡，先是給人家地莊子上墾荒，後來，慢慢地，從東家手裡，買下了荒地，於是，黃羊溝村就有了張家自己的土地。

那時，說不好是哪年哪月，官家放地，買家騎在馬上，縱馬飛奔，馬跑不動了就是自家地莊子的邊界，可以想像那遼闊。種不過來，再轉手賣出去。張善和兄弟張良一咬牙，打下饑荒，從廣昌隆手裡毅然買下了荒地，拿繩子一牽，從此，地姓了張。那地，蒿子長的有一房高，像麻稈，黃羊成群，在白茅草中奔跑時自由而矯健。弟兄倆搭起茅庵，在地上深深挖一個坑，上面蓋上蒿稈，這就是他們最初的家。

夜晚，他們在狼嚎聲中入睡。草原上的星空，美不勝收，那是和他們無關的美景。

地一鍬一鎬地開墾出來，依照時令，種下了小麥、大麥、莜麥，種下了菜籽、胡麻和山藥，當然，還有洋菸。洋菸開花的時候，這裡就成了花海。

一年又一年，這裡成了一座村莊，蓋起了房屋，養起了牲畜，娶來了女人。於是，洋菸成熟的時候，男人在前頭割，女人家在後頭抿。女人生下了兒女，兒女長大了，又遷來了別姓的人家，姓李的，姓楊的，姓于的……於是，蓋起了更多的房屋，養起了更多的牲畜，娶來了更多的女人。雞鳴狗吠，炊煙升騰，村名卻還是原先的地名——黃羊溝村。只是，這裡，再沒有了黃羊的影子。

有人煙的地方，自然就有興衰的故事，說來，這小小的村莊，也有過「張塌李發」的典故。和所有敗家的原因差不多，張家某位家主，抽洋菸抽敗了家，李家本是張家的長工，長工和東家，鬧了個結拜，東家賣地，長工買，於是，張家塌，李家發，三十年河東，三十年河西，李家成了黃羊溝村的首富。最興旺的時候，李家有大牲口百多頭，十六七犋牛，土地連成了片，套上牛一氣就犁到東山上。柴火垛垛得像座山，居然掏了個洞，安了碾盤做磨坊，有一年著了火，大火整整燒了兩個月！發了家，自然要起屋蓋院，房子上築起了炮臺，養起了家兵，為的是防土匪。

然而，儘管張家敗了家，可遠近人說起黃羊溝村，還是說，那是張家的原占。

從張善張良，到張七十一，張家在黃羊溝村，已經是第六輩人。

有一年，那已經是解放後，張門族中，一家出一塊錢，尺半布票，請人畫了張氏家譜。

這家譜後來讓人燒了。如今，毀滅的家譜上那些拓荒的先人們，沒有回到故鄉晉地，而是長眠在了這裡。

正午的太陽，明晃晃地照耀著這片叫「西坡」的地方，連天接地的空曠之中，五個墳包，簇擁著，聯手比肩，肅立在萬里無雲的青天之下。遠處緩緩的一面山坡，耕過卻沒有播種的土地像金子一樣靜靜流瀉下來，四周，都是這樣沒有播種的寂靜無聲的土地，金子般的土地。五個墳包，被這一大片明晃晃的空曠擁抱著，擠壓著，小小的一簇，說不出的孤獨。五個墳包，除了搖曳的荒草，沒有任何標記，無碑，無字——這就是張家老墳。

陽光下，莽河和葉柔這兩個外鄉人，被這深不可測的無字的墳深深震撼了。他們不知道，這墳裡，哪一座掩埋著創業的張善張良，哪一座掩埋著敗家的那位先人。死是如此孤獨的事，即使所有的親人都聚集在一起，相濡以沫，也無法抵禦這巨大到無邊無際的虛無。無遮無攔的陽光下，它是如此地觸目驚心。剎那間，悲情和正午的陽光一起，湧進了他們的心裡。

他們在這萍水相逢的拓荒人墳前，盤桓了許久。後來他們就坐在了墳的對面，坐在明亮、已經有些灼人的陽光裡。那是莽河一生中最明亮的一個中午，極目望去，四周的世界沒有一點陰影，沒有樹、莊稼、房屋。靜極了，似乎，天地之間，只有他和她，和這些墳。甚至沒有鳥鳴，也聽不到遠處村莊中的任何聲響。天是那種澄明到讓人傷心的碧藍，偶爾飄過的雲朵，就像是天空的靈魂。

「葉柔，」莽河伸出臂膀摟住了葉柔的肩頭，「假如，我死在你前面——我當然要死在你前面——你在我的墓碑上，就寫：一個天真的人，長眠於此，生活過，愛過，訴說過……」

「好的。」葉柔點點頭。

「咦？你怎麼不抗議？說要死在我前面？」莽河扭頭望著她說。

她笑了，「我不，我要死你後面，你這麼多情，我不放心你。」

「好啊！我還不放心你呢！我可不願意你『再醮』——不行，我要死你後頭了，我要給你寫墓誌銘，你說，你墓碑上寫什麼？」

「不知道，」她回答，眼睛望著面前的墳包，不笑了，「莽河，躺在墳墓裡，能聽見親人說話嗎？」

莽河愣了一下，不知道怎麼回答這樣一個淺顯、幼稚的問題。

葉柔轉過了眼睛，望著莽河，「要是有一個墓碑，有一個我的墓碑，就寫：生者可以死，死可以生——」

這是湯顯祖的話，莽河知道，那是對《牡丹亭》的注解：「情不知所起，一往而深，生者可以死，死可以生。」此時，不知為什麼，這句話聽來讓他有些心驚。

葉柔抬眼望著遼遠的、如洗的碧空，自語似地說道，「在這樣的天空下，人是相信有靈魂這件事的，真美。」

那一天，由於沒有順車，他們就在黃羊溝村多停留了一晚。

張七十一打發兒媳去鄰村割來了新鮮羊肉，給他們包羊肉胡蘿蔔餃子。黃昏時分，莽河從村裡唯一的小麥部買來了白酒、啤酒、午餐肉、五香帶魚等罐頭，給小羊倌兩個小妹妹買了糖果糕點。晚上，他和七十一老漢就著羊肉餃子，開懷暢飲，喝了白的喝啤的。葉柔坐在一旁，和冬姐拉家常，兩個小姑娘圍在她身邊，她用剝開的糖紙給她們折小人兒，那小人兒花紅柳綠，個個都穿著十八世紀歐洲的大裙子，排成一排，卻各有姿態。

那是愉快的夜晚，酒香、羊肉的膻香、山西陳醋的濃香，還有女孩兒們的歡笑，在這經歷過創傷的貧困的家裡飄蕩著，繞梁三匝。胡冬姐不時地背轉身去悄悄拭淚，昏暗到曖昧的燈光下，她望著有了醉意的公公，笑靨如花的女兒，覺得這是一個夢中的夜晚。

深夜，葉柔突然被劇烈的腹痛疼醒了。一切來的如此突兀，毫無徵兆和預料。那是一種陌生的、黑暗冰冷的巨痛，她在炕上縮成一團，死死咬住嘴唇，不讓自己呻吟出聲。她不想驚動人，想忍到天亮，但是突然之間，一股腥熱的熱流，呼一下，從她的體內奔湧出來，隨著那不祥的熱流，她喊叫了。

他們找來了一輛拖拉機，送她去鄉裡的衛生院。他們把她裹在那床借來的棉被裡，被子已經成了一床血被，莽河緊緊抱著她，她在他懷裡發著抖，拖拉機突突顛簸著，他不停地、不停地叫著她，他說，「葉柔，葉柔，葉柔，葉柔——」她閉著眼睛，意識隨著汩汩的熱血漸漸流出了體內。拖拉機快到目的地的時候，她突然清醒了，睜開了眼，望著莽河，安靜地、溫柔地、無力地說了一聲，「哥，別怕……」然後就溫暖地笑了。

那一夜，衛生院沒有人值班，鎖著門，黑如深淵，拖拉機繼續突突朝著旗裡趕，莽河抱著幾近透明的葉柔，仍舊不停地、杜鵑泣血一般叫著那個名字，唯一的名字。他不知道自己的聲帶已經真的叫破了，滿嘴都是血沫。他說，「葉柔，葉柔，葉柔，我不怕，我不怕，你也別怕……」他重複著這一句話，他始終覺得她在微笑，儘管她的身體已經愈來愈冷，愈來愈冷。等到他們趕到醫院急診室的時候，她不再流血，她的血流光了。

宮外孕。

宮外孕引發的大出血。

他一點不知道她懷孕，她自己也不知道。

他們用一床白被單蓋住了她，蓋住了她血跡斑斑的掙扎過的身體，蓋住了她透明的、微笑的、好看的臉，他們試圖用白被單藏匿起她，像變魔術一樣讓她從這人間消失。他憤怒了，瘋狂了，他怒不可遏地撲上去，一拳打倒了護士，阻擋著要把她帶往太平間的那個白色的推車，他撲在她身上，一把扯掉那個詭譎的、罪惡的白被單，嘴裡仍舊不停地叫著那個名字，唯一的永遠的名字，「葉柔，葉柔，葉柔，我不怕，我不怕，你也別怕……」然後，他跪下了，一口血從他嘴裡噴湧而出，他面目猙獰地倒在了車前。

葉柔死了。

大地上，一定有一處教堂，在這個時間唱著一首頌歌，「走吧，走吧，到天國去吧……」

第五章　真相

一、死於青春

小船三歲那年，一九八六年，某一天，陳香在新華書店看到一本新詩集——《死於青春》，作者是莽河。這本詩集還有一個副標題：獻給我的愛人。她把這本薄薄的、散發著油墨香味的小書打開了，扉頁上有一張照片，一張作者像，背景是邊地的烽火臺，一個陌生的男人坐在殘牆上，凝視前方。

一個陌生的、從沒有見過的男人。

陳香腦子裡「嗡——」地一聲，她想，我看錯了。她闔上書再去看封面上作者的名字：莽、河，沒錯，刀刻斧鑿的兩個字，一筆一畫，觸目驚心。愣了片刻，她想起去看作者簡介，也許是一個同名同姓的什麼人。但，簡介告訴她，這就是那個莽河，寫《高原》的莽河，說「你是天地的棄兒」的那個莽河。

唯一的莽河。

她懵了。

四月的春風中，渾渾噩噩的春風中，她走出了書店。半小時前，也許，十幾分鐘前，她走進這家書店的時候，世界是明媚的，生活是明媚的。此刻，當她走出書店的時候，生活在頃刻間變成了噩夢。

她茫然地、如同一個空心人一樣走在街上，沒有方向，不辨東西，不知道自己要往哪裡去，她走、走、走，無數的行人與她擦肩而過，無數的罪惡、傷害、欺騙與她擦肩而過，城市巨大而邪惡，她被一種邪惡的氣味熏得搖搖欲墜站不穩腳跟。在一個公共汽車站旁她終於倒下了，倒下的那一瞬間，她看見了丁香樹。

四月，一城的丁香花都開了，那是她的花，她生在丁香開花的季節，所以她叫陳香。

人們叫來了救護車，把她送進了附近的一家醫院。醫生從她身上發現了工作證，給學校打去了電話。老周那些日子剛巧在外地開會，不在家，於是，匆匆趕到醫院的人是明翠。那時，陳香已經甦醒過來，初步檢查的結果，沒有發現什麼器質性的問題。明翠衝著她誇張地大叫道，

「陳香，你嚇死我了！你怎麼昏倒了？」

她拒絕了醫生留院觀察的建議，和明翠一起走出了醫院。明翠用自行車馱著她走在春天

的大街上。她沉默著，不回答明翠的任何問話。後來，明翠也沉默了，明翠隱約意識到陳香遇上了一個大問題，一個殘酷的、她們都不知道怎樣面對的問題。在曖昧的丁香的香氣中，她把陳香送回了家，安頓她躺下，對她說道，

「你好好休息，一會兒，我去幼稚園接小船，我先把他接我家裡。」

陳香一震。

小船，這名字，讓她顫慄。這是她此時此刻最最恐懼的一個名字，她想逃離的一個名字。她縮在被子裡，發著抖，感到了一種徹骨的寒冷，就像赤身裸體浸在了冰窟之中。昏昏沉沉的，她睡著了。那是一種她從沒沉入過的深睡，很深，很黑，如同死。她不知道自己這樣如死般睡了多久，當明翠叫醒她的時候，燈光晃著她的眼睛，天黑了。

明翠說，「我熬了點粥，你起來吃點兒。」

「幾點了？」她問。

有一剎那，她不記得發生了什麼，不記得這個晚上和平常的夜晚有什麼不一樣。但這仁慈的混沌僅僅只是片刻，一分鐘，只聽明翠回答道，「十點多了，小船已經睡了。」

小船！她閉了下眼睛。

「你走吧，我睏了。」她對明翠說。

明翠張了張嘴，她想說，你剛睡了那麼久。可她還是把這句話嚥了回去。陳香臉上，有

一種她從沒看到過的冷漠，和惡意的、敵意的疏遠，讓她覺得她們之間就像是兩個陌路人。

明翠憂心忡忡地走了。

陳香坐在床上，望著對面的那張小床，松木的，曾經散發著松脂香，那麼清新，那是他們親手締造的幸福的象徵。一只只精巧的、只刷了清漆的欄杆，裸露著美麗的木紋，如同生活一般恣意和性感……現在，四周的欄杆被卸了下來，看上去加長了，變成了一張普通的小床。小船——就睡在那上面，長大的兒子睡在那上面，可是，他是誰的兒子？

冷汗呼一下爬上了她的脊背。她盯著那床，抑制不住的寒顫使她的牙齒得得撞擊出冷酷的聲響。你毀了一切，她想。多麼齷齪，她想。你是誰？是誰？是誰？可是，不管你是誰，我已經像沒有辦法拒絕我的生命那樣拒絕你了，拒絕羞恥、欺騙、傷害，你將和我一起永在，好，她冷笑了，那就讓我們同歸於盡。

她站起身，抄起一只枕頭，木棉的大枕頭，散發著南方和太陽的氣味，明媚的氣味，她喜歡讓枕頭在太陽下曬得如同白雲般鬆軟，她抄著鬆軟的枕頭來到小床前，現在，它是一件凶器了。她赤著腳站在床邊，他沉沉地睡著，額前一縷頭髮嫵媚地搭在他的眼角，這嫵媚、這肉體的氣息讓她憎惡，她盯著他，緊緊緊緊盯著，呼吸急促到像是要窒息，就在這時，非常奇異地，他突然睜開了眼睛，安靜地、成熟地望著她，那眼神一點也不像一個孩子，他說，「媽媽——你幹什麼？」然後就毫無痕跡地闔上眼睛、像從來也沒有睜開過似地又睡著了。

也許命運的眼睛真的睜開過，也許，那只是她的幻覺。

她像被電光一擊，猛醒了，天！陳香你在幹什麼？她突然癱軟了，身子出溜下來，枕頭落在了腳下，蒼天，上帝，神，你在幹什麼？那是你的兒子，你仙草般的兒子……她撲在了她兒子身上，小船的身上，把臉埋在了孩子熟睡的芳香的身體裡，上帝，你幹了什麼？她像發熱病一樣打著寒顫，劇烈地哆嗦，淚如雨下，可憐的孩子啊，對不起，對不起，對不起，她在心裡對他說了無數個對不起，可她知道，她永遠、永遠對不起這不幸的孩子了。

她將永遠不敢再去看這孩子的眼睛。

她跳起來，衝進廚房，那是她剛剛擁有的一個廚房，年初，他們才搬進了這個舊舊的小單元裡，兩居，沒有廳，可歷史性地結束了在筒子樓黑魆魆的走廊裡做飯燒菜的那份草率和侷促。她愛廚房，在這個城市的人還都沒有「裝修」這概念時，她就盡最大可能布置了這個六平米的小小空間，使它看上去樸素、潔淨而溫暖。此刻，它在黑暗中熟睡著，牆壁上有幽幽的冷光在閃，鐵腥氣的冷光，那是掛在那裡的刀具。她衝進來，輕車熟路地直奔它們而去，那都是她用順手的、服貼的、親愛的利刃。

她摘下一把西式的餐刀，平日，她用它來殺魚，尖而鋒利，她毫不猶豫地用它切開了自己的手腕，噗地一聲，血肉分崩原來是有聲響的。她把刀一丟，月光下，劃過一道華麗的銀光，隨後她聞到了血的熱腥氣。她笑了。去死吧陳香，我殺了你。

二、折磨

大約在半年前，明翠去北京某大學參加一個研討會，一天傍晚，她在海報上看到一則消息，詩人莽河要在這天晚上來校園裡舉行講座，主辦單位是中文系學生詩社。

久違了，她想。

她去聽那個講座了。她想聽聽他說什麼，她不知道他是否還記得那個內陸小城，那個河邊的校園，那個……姑娘，他大概做夢也不會想到，那個初夏，他在別人的城市別人的生活中留下了什麼。

可是她傻了。她看到階梯教室的講臺上完全是一個不認識的人，一個陌生人。她問身邊的同學，說，「不是莽河的講座嗎？還請了別人？莽河呢？」同學有些奇怪地望著她，說道，「那不就是莽河嗎？」

原來有一個他們生活之外的莽河。

真正的莽河。

那是讓她崩潰的一晚。她逃出了會場，一個人在黑夜的校園裡坐了很久很久。她哭了。生活為什麼要這樣傷害陳香呢？傷害一個對世界充滿善意的女人？她是那樣壯烈地、義無反顧地要用一生來踐行一個浪漫而嚴肅的悲劇，結果，卻落進了一個最荒唐惡意的鬧劇之中。

她不知道該怎樣面對這一切，面對陳香。

回到他們的城市，猶豫再三，她還是把這件事告訴了老周。她不是一個能獨自承擔這樣一個大祕密的人。她對老周說，「怎麼辦呢老周，我們該怎麼辦？這件事，要不要讓陳香知道？」

老周搖搖頭，「她遲早有一天會自己發現的，還是讓她自己發現吧，要是從我們嘴裡告訴她，她會更受不了，那會摧毀她。」

「是啊，」明翠回答，「可就算是她自己發現，她還是會崩潰。」忽然她奇怪地望向老周，「咦？奇怪呀，我告訴了你這樣一個驚天大祕密，你怎麼一點也不吃驚？我哭了整整一夜，覺得天都塌了！」

老周淡淡一笑，「其實，我早知道了。有一次翻一本雜誌，偶然看到了莽河的照片……後來我為了證實這個，去省圖書館翻閱了所有的期刊、所有和他有關的書還有資料，前幾年，期刊雜誌刊登照片的不多，近來才多起來了，不過莽河的照片還是不多見——但願永遠不要讓陳香看到，上帝保佑吧。」

明翠驚奇地瞪大了眼睛，「天哪，你的心可真深，能裝下這樣的祕密！」

老周回答，「裝不下又能怎麼辦？我能告訴誰，小船的爸爸是個冒名者，是個贗品？」悲哀湧上了他的眼睛，「那個混蛋，他不知道自己都幹了什麼——」

他們沉默了，那是一個他們誰也無能為力的難題，那是一個聳立在前路上的險關，一個終將傷害到他們的陷阱。只不過，他們都存了一點點、一點點僥倖：或許有一條岔路可以讓他們繞過那個凶險，或許，神會憐憫他們，憐憫那個孩子，賜給他們奇蹟。

陽光沒有表情地照耀著他們。

聽到陳香昏倒的消息，起初，明翠並沒有往那個她最害怕的地方去想，大學四年，有一次體育課上，陳香也曾經在做俯臥撐的時候突然昏厥了過去。但是接她回家的路上，明翠開始覺得不對勁，愈來愈不對勁：她的沉默裡有一種可怕的東西。明翠想，天哪，該來的還是來了。

從幼稚園接回兩個孩子，小船和壯壯，做晚飯，給他們講故事，給陳香煮粥，然後帶著粥和小船一起回家。做這一切的時候，她心神不寧。老周去外地開會了，不在家，沒有一個人可以和她分擔不安。她哄睡了小船，叫醒了熟睡的陳香，陳香莫名的敵意證實了讓她恐懼的那個猜想。再次從那裡出來的時候，夜已經深了，她惴惴地回到家，惴惴地坐在燈下，書桌上，雜亂地攤開著她的教案，丈夫沒寫完的文章，還有他的「三五牌」香菸。破天荒地，她從那菸盒中抽出一枝，點燃了，深吸一口，居然，從鼻子裡幽幽地吐出了一縷煙霧。那是她此生第一枝菸，慌亂中抓住的一點支撐。第二口，她就沒有那樣的運氣了，菸嗆出了她的眼淚，她一陣咳嗽。

這將是一個不眠之夜。

睡夢中的兒子，突然喃喃地喊了一聲，「媽媽——」這喊聲不知為何讓她覺得心驚。不行，她想，這樣不行。她騰地站起身，重新走出家門走出樓門來到陳香的家門口。她站在房門前聆聽著，裡面很靜，太靜了，這寂靜讓她噗通噗通心跳。她摸出了鑰匙，她和陳香為了接送孩子的緣故互相擁有對方家的鑰匙——謝天謝地她有鑰匙，她毫不猶豫地用鑰匙打開了房門，推門的一瞬間，她就聞見了那不吉祥的氣味，強烈邪惡的氣味，事後，她明白了那是撲面的血腥氣。

陳香倒在廚房的地上，倒在一片血泊中。

血還在流，流的緩慢而溫柔。

在緩緩流淌的血河旁邊，小船仍舊睡得很沉。

老周趕回來時已是第二天傍晚，他在火車上整整站了二十八小時回到了他的城市，他直奔醫院，在病房門口看到了明翠，明翠對他說，「謝天謝地我有你家鑰匙。」說完，明翠就哭了。

「她怎麼樣？」他啞著嗓子問明翠。

「輸了血，救過來了，」明翠說，「可是很不好。」

他輕輕摟了一下明翠的肩膀，「多虧你了，明翠。」

他走進了病房，她在睡，臉色慘白，連嘴唇也是慘白的，像一張沒有染色的面具。一滴一滴血漿，靜靜地，流進她的靜脈，她的身體，那是陌生人的血，不相干的血。難過就是在這時候突然湧上來：從此她的身體裡就流著陌生人的血了。他坐下來，握住了她的一隻手，那手很涼。

她睜開了眼睛。

她默默地望著他，望了一會兒，冷冷地抽出了自己的手。她說，「現在，什麼都別問，我會告訴你一切的。你走吧，讓我自己一個人待會兒……」

此刻，他明白了明翠所說的那個「不好」是指什麼。她真的不好，寒冷，充滿敵意。她從不是一個與人為敵的人，但此刻，敵意就像這被輸入的血漿一樣在她周身的每一根血管中流淌著，她張開的每一個毛孔都散發著它冰冷的拒人千里的氣味，像刺蝟豎起的針。他無言地坐了一會兒，起身走了出去。

明翠一直等在外面。

「怎麼樣？」明翠小聲問，「說什麼了嗎？」

他搖搖頭。

「怎麼辦呢老周？」明翠的聲音裡帶著哭腔。

「別著急，明翠，我們得給她時間……讓她長傷口。」老周回答。他的回答其實毫無底氣。

儘管那天急救車是在半夜時分拉走了陳香，儘管明翠用「意外」和「事故」來解釋這事件，可人們還是覺出了這其中的蹊蹺。人們不傻，一個擅長廚事的主婦，被菜刀劃破手腕動脈的可能性有多少？人們探究著其中的破綻，用異樣的猜測的眼睛打量老周，試圖從明翠嘴裡套出實情。沒多久就傳出了流言，那流言有模有樣，說老周有了外遇：一個新分配到中文系的女孩兒和老周有了私情。

老周沉默著，不辯解，騎著他的破自行車，出出進進，去幼稚園接送小船，去醫院照看陳香，一如既往上班下班。

一週後，陳香的傷口拆線了，可以出院了，這天傍晚，陳香忽然對老周提出一個要求，陳香說，「你明天，把小船送到我媽那兒去吧。」

陳香的娘家，不在這個城市，在相鄰的另一個小城。那是座小山城。

老周沒有問為什麼，老周知道就是問她也不會說。這是幾天來，她開口和他說的唯一一句話，送走小船，她視為性命的兒子。

老周點點頭，說，「行，好吧。」

「你是不是早就想把他打發走了？」陳香冷笑一聲，「你連原因都不問一下？」

「好，」老周安靜地望著她，「那你告訴我原因。」

「因為你討厭他！你瞧不起他——」陳香衝著他的臉喊叫。

「陳香，你怎麼能這麼不講理？」明翠剛巧走進病房，聽到了他們之間的對話，「你怎麼說這麼沒良心的話？」

「我為什麼要有良心？我把我的心殺了，誰讓你救一個沒心的人？」陳香冷笑著回答。

「你——」

「明翠！」老周攔住了明翠，回頭對陳香說道，「不管是什麼原因，你一定有你的道理，好，明天我送小船走，你說什麼時候接他回來，我馬上去接。」

第二天，陳香出院回到家裡的時候，小船已經不在了，這是一個沒有了小船的家。松木的小床，空蕩蕩的，堆在床上的毛毛熊、衣物、圖畫書、識字卡片，都不見了，他所有的玩具，都不在了，但他的氣味還在，孩子身上那種熱烘烘溫暖的香味，充斥在房間的每一個角落，呼之欲出。沒人的時候，她撲在了那松木的小床上，把臉埋進他的小枕頭裡，淚流如雨。

傍晚時分，老周從那小山城趕回來了，一進門，看見陳香在廚房裡做飯。那一瞬間，他以為生活又回到了從前，回到了有陽光的時候。他站在那裡默默看著她的背影，看她低頭切菜，她在切一種絲狀的東西。她一向很以自己的廚藝為驕傲，她是個熱愛廚房的女人。此刻，一鍋雞湯在爐子上燉著，香氣四溢，那香氣幾乎熏出他的眼淚。

他們平靜沉默地吃了一頓晚飯。

飯後，他洗碗，給他們各自泡了一杯綠茶，他說，「要不要看會兒電視？」陳香回答說，「你過來坐下，我有話說。」

他坐下了。

突如其來的，她講起來，她說，「你不要打斷我，不要提問，不然我會沒有勇氣講下去——我看到了一張照片，莽河的照片，可那是一個我們都不認識的人，不是小船的爸爸，你明白了嗎？他不是小船的爸爸……」她哽了一下，眼淚靜靜地流下來，她任由它們在臉上流淌，她說這個莽河從來也沒有來過他們的城市，沒有來過他們的河邊，那來過的那個又是誰呢？她像是問自己又像是問冥冥中的什麼人，「還有更可怕的事，」她停頓了一下，像是在喘息，「我昏了頭，我瘋了，我瘋了——」她用手捂住了嘴，試圖壓住那哽咽，那身體深處巨大的恐懼，她終於還是沒有能說出口，她以為必須說出的一切。這一刻，她知道，那是她永遠、永遠要獨自承擔的罪業。

他站起身，來到她身邊，摟住了她。他把她緊緊摟在懷裡，心裡隱隱約約明白了一點什麼，明白了她為什麼不敢見小船。他心驚肉跳地摟緊了她，知道了生活原來還有更深更黑暗的地獄。

陳香依偎著他，他的體味有一種海水般的鹹味，太陽下的海水，暖洋洋的，那是她熟悉的、熱愛的氣味，那是讓她心軟的氣味。她掙出了他的擁抱，抬起了臉，說道，「哥，我們離婚吧。」

奇怪的是，這句話，並不讓他感到意外。他望著她嚴肅的臉，用平靜的語氣問道，「為什麼？給我個理由。」

「我鬧出了這麼大的動靜，把生活攪成了這樣，我不能把你也拖進地獄裡，我不能毀了你的人生——你是個好人，善良的人，哥，你吃過那麼多苦，你應該去過自己的生活，你想要的生活。」

「做周小船的爸爸，這就是我想要的生活。」

「那我會一輩子覺得愧疚，一輩子覺得對不起你，我不能假裝這一切沒有發生過，我拿刀殺自己的時候，就背棄你了，我沒殺死自己，可足以殺死我們的婚姻……我沒有能力再給你帶來快樂，帶來正常的日子，長痛不如短痛，哥，撒手吧。」

他沒有說話。他知道說什麼都沒有用了。這個女人，生來是要做烈士的，是要赴湯蹈火和獻身的，為愛，為信仰，或者，為罪業。

三、南方

他們僵持著。

她不再睡他們共同的床，她也不睡那張松木小床，她就睡在客廳兼書房的那張雙人沙發上。那沙發的長度，只有一米六十，她躺在上面，根本伸不開腿，她就那樣不舒服地睡了一夜又一夜。她用這種不舒服折磨著老周。

有一天，老周只好搶在她前面蜷在那沙發裡了，老周說，「你睡床，我睡這兒。」她聽了，說道，「好，那我出去。」說完她就開門出去了，在初夏的街頭遊蕩，最後來到一個小廣場，在一只長凳上坐下了。一抬頭，老周就站在她面前，對她說道，「我認輸，你愛睡哪兒就睡哪兒吧。」

她開始和南方聯繫，聯繫調動的事。那是成千上萬個淘金者的南方，夢想者的南方，當然也是逃避者的南方。南方沒有拒絕她，酷烈的驕陽、木棉樹、大海和新興的城市沒有拒絕她，她開始辦理調動的手續，她要去南方一家報社當編輯。

手續辦下來了，她把手續擺在了他面前，他沉默不語。她說，「求你了，離婚吧。」

他回答，「小船怎麼辦？這對小船是不是太不公平？」

她笑笑，「這世界就是個不公平的世界。」

「陳香，你原來是這麼勢利的一個女人。莽河的兒子，詩人的兒子，就應該被小心翼翼的保護，而現在的小船，就可以承受傷害？對我而言，莽河的兒子和隨便什麼人的兒子，本質上沒有改變，他們都是周小船，都是我的孩子！我們說過，要給這可憐的孩子一個完整的家，你當媽媽，我當爸爸——好吧，既然如此，這『過家家』就到這兒吧，遊戲就到這兒吧！你不值得我這樣難過，陳香——」他激動地、激憤地說出了這一番話。

陳香平靜地、哀傷地望著他，「周敬言，這是你的真心話嗎？這裡沒有一點做作的成分嗎？不錯，野種和一個來歷不明的野種，對一個女人而言確實是不一樣的，我說的是女人不是母親！我不僅僅是個母親！你呢？你心裡，你心裡最深的地方，沒有一絲一毫對這個生命的輕視？也許，現在你感覺不到，但不一定在什麼時刻，什麼瞬間，它會突然冒頭，突然鑽出來，你面對著他的某個缺點，某個弱點，你會想，這不奇怪，這是遺傳，這是他基因的問題！我害怕你有一天會這樣看他，這樣對待他，那對他才是不公平！所以，遊戲就到這兒吧，我傷你傷的這麼深，你想怎麼罵我就罵吧……」

他們互相對望著，窗外，一片麻雀的叫聲，吱吱喳喳，歡天喜地，夕陽墜落了，他們的心也在無可挽回地墜落著。

幾天後，他們去街道辦事處辦理了離婚手續。在這前一天，她搬出了他們的家，她曾經十分熱愛的家。那個家，有松木小床，有漂亮的花窗簾，有乾淨的廚房，也有殺害了他們婚姻的血腥的利刃。

辦完手續，走出辦事處的大門，已經是中午了，他說，「十二點了，去吃午飯吧？」她笑笑，說，「不了，明翠還在她家等我。」

她望著他，望了一會兒，轉身走了。現在他們是陌路人了。他看著她的背影，漸漸遠去的背影，忽然叫了一聲，「陳香。」她站住了，轉過身，他走上來，站在她面前，許久，突然說道，「要是我想小船了，我還能去看他嗎？」陳香笑了，說，「當然能，你是小船的爸爸呀。」

他眼睛濕了。「陳香——」他啞著嗓子叫出一聲，「你要愛惜自己。」

她忍住了眼淚，「周敬言，你結婚的時候，別忘了給我發個喜帖。」

明翠真的在等她。明翠在這個悲傷的日子裡包了餃子。明翠說，「送行餃子接風面，這是咱們北方的習俗。」

她面對著一盤白鵝似的大餡餃子，一個也嚥不下去。

「別忘了北方。」明翠說。

她點點頭。

「別忘了龍城。」明翠又說。

一下子她眼眶裡都是眼淚，「明翠，幫幫老周，讓他快點成個家——不是說那個新分來的女孩兒對他挺好嗎？那個叫馬梅龍的？現在我走了，你幫幫他！」

明翠狠狠地、狠狠地盯住了陳香，「陳香，你相信這樣的流言會遭天譴！你不怕遭天譴？」

陳香淚流滿面地回答，「我已經遭天譴了，明翠，我把一個好人傷成這樣，把他的生活毀成這樣，我這輩子都不會安心……真要有這樣一個女孩兒，喜歡他，我心裡會好過一點……」

明翠無可奈何地搖搖頭，「陳香，陳香，上輩子我們欠了你什麼？周敬言欠了你什麼？算了，你走你的吧，你遠走高飛，別的你就別管了。可是你要記住，你欠了周敬言！」她用指頭一指陳香，「所以，你必須，必須幸福，陳香，你要幸福——」她說不下去了。

她知道這個叫陳香的女人不會「幸福」了，這個大詞，這個人間的理想，從此和陳香無緣，而這一切，都始於那個初夏的午後，詩、激情、熱血沸騰的午後。

「這輩子，我會天天詛咒那個莽河，真的和那個假的，詛咒他們下十八層地獄！」明翠咬牙切齒地這麼說。

陳香含著眼淚笑了，「別這樣，明翠。」

「小船——小船你打算怎麼安排？」遲疑一下，明翠還是問出了這句話。

陳香想了想，其實，這些天來她一直、一直在想，每一分鐘都在想，「先讓他跟著姥姥，我在那邊安頓下來，再接他過去。」她這麼回答。

她需要時間，需要從仁慈的時光中一點一點汲取勇氣，足夠的勇氣，就像一隻工蜂從花海中汲取花蜜，來面對審判者，面對她兒子天真的眼睛。

四、小船的詩

只是，她沒有等來這一天。

陳香母親的家，是個小縣城，她家住的是那種老式的房屋，冬天，需要在房間裡生爐子取暖。意外就出在這爐子上，那是個特別嚴寒的冬季，家裡爐火燒的很旺，門窗緊閉，小船就死於煤氣中毒，一氧化碳中毒。

那個冬天，小城家家屋簷下，都掛著長長的冰凌，小城人把這冰凌叫做「凍梨」。小船對姥姥說，「姥姥，凍梨裡有甜的太陽。」那是小船的詩。

小船說話，帶著小城的口音，有一天，小船望著天上飛過的鴿子，非常高興地喊了一聲，「呀，嘎——子！」那是小船最後的一天。

第六章　天使在微笑

一、纏綿

起初，差不多每隔一個星期，老周都要坐火車去小城看望小船。那是一列西行的慢車，在小城停車三分鐘，骯髒、擁擠，無論冬夏都瀰漫著廁所和人體的濁臭。車廂連接處、盥洗室、還有廁所門前永遠堵塞著臃腫的行李捲蛇皮袋和找不到座位的旅客，幾乎沒有下腳的地方。但是老周不在乎，老周奔向那裡時總是又快活又心酸。老周想念小船。

小城很安靜，老街老巷之中，聳立著一座磚塔，那是一座叫「東寺」的寺院，在後來的日子裡將聞名遐邇。但此刻，它寂寞、寥落、清冷，沒有遊人也沒有什麼香火。只有塔上的風鈴清脆而細碎地響著，顫動著，一年四季，不分晝夜，如同小城生生不滅的呼吸。小船的姥姥家，就在緊鄰著東寺後門的小巷裡。

不滿四歲的小船，站在家門前，身後是高高的一道門檻和兩扇破敗的黑漆木門，老周的身影剛一拐進巷口，他就像小鹿一樣無聲地飛奔而來，抱住他的雙腿，把臉緊緊埋在他腿間。即使是在冬天，隔著毛褲，老周也能感覺到那孩子灼熱的急促的呼吸。他摸著他的小腦袋，父子二人就這樣靜靜地站一會兒，然後，他彎腰抱起兒子，這時，小船幾乎是羞澀地對著他一笑，說道，「爸爸，沒有我，你一個人找不到姥姥家吧？」

他誇張地回答說，「可不是嗎？我老也記不住姥姥家在哪個門兒。」

於是小船嘆口氣，說道，「唉，沒有我，你可怎麼辦呢？」

「是啊，」他回答，「沒有小船，爸爸連家也找不著。」

突如其來的，他一陣心酸，是啊，他找不著家了，無論在哪裡，在哪個城市，平原還是山城，北方還是南方，他都再也找不著自己的家。他不由地更緊地抱住了這個貼心的、讓人揪心揪肺的、可憐的孩子，努力地對他笑笑，轉移了話題，說道，「小船，五奎呢，怎麼沒看見五奎？」

小船回答說，「姥姥給他洗澡了，他不願意洗，鑽在炕洞裡面不出來。」

「這個五奎，」老周這下真的笑了，「他可真不讓人省心。」

「他沒有衣服穿，商店裡不賣五奎穿的衣服，他才這麼愛髒。」小船為五奎辯解，「姥姥總說給五奎做衣服，總也沒空做。」小船嘆口氣。

五奎不是一個活物，它是一隻玩具狗，一隻白色的絨毛玩具狗，那是小船周歲生日時，陳香送他的禮物。在眾多的玩具中，這隻白色的小狗，不知為什麼讓小船情有獨鍾，每天睡覺時，它都會陪伴在他的床頭，天長日久，它身上就有了人氣，有了小船的氣味，有了活氣。特別是來到這個陌生的小城之後，它和小船幾乎須臾不離——他們相依為命。

此刻，五奎躺在一只竹籃裡，竹籃吊在院子中央的晾衣繩上，濕漉漉地曬太陽。父子兩人來到他身邊，小船對他說道，「五奎，別不高興了，你看，爸爸來了——」

老周也和五奎打招呼，說，「五奎，洗澡了？」

五奎仰面朝天，翻著小眼睛，鬱鬱寡歡，不回答。小船衝著爸爸搖搖頭，「五奎很委屈，他說明明爸爸今天來，還偏要給他洗澡，這下不能出去玩了。」

老周回答說，「沒關係五奎，我們今天哪都不去，在家裡陪你。」

小船把嘴貼到爸爸耳邊，壓低了聲音悄悄說道，「他一會兒就睡著了，等他睡著了，咱們去東寺裡玩兒好不好？」

從他渴盼的聲音裡，老周聽出了一個孩子深深的寂寞。他用力點點頭，回答說，「還用說？」

臺階上，小船的姥姥，陳香的媽，兩手黏滿了麵粉，百感交集看著這一對纏綿的父子，眼睛濕了，無可奈何嘆口氣，在心裡狠狠罵了一聲，「造孽！」她罵的是自己那個任性的閨女。屋裡炕上，一蓋簾的羊肉胡蘿蔔餃子，碼得整整齊齊，還燙了一小壺碧綠的竹葉青，那是這個從前的女婿愛吃愛喝的東西。

午飯後，父子二人來到了東寺，遼闊的廟院裡，到處是荒蕪的枯草，沒有香火，沒有人跡，大殿裡結著蛛網，石頭的蓮座空空蕩蕩，上面沒有一尊佛像。他們就坐在大殿前寬闊的石階上曬太陽，雖是初冬的天氣，但午後的陽光仍然有著慈悲的暖意，如同老人的笑容。石頭臺階被陽光曬得暖暖的，枯草也曬出了某種悠長的起死回生的氣味。小船靜靜地坐在那裡，緊靠著老周，許久不說話。

小船喜歡這裡，喜歡這樣坐著。老周也喜歡。

天空飄來幾朵烏雲，遮住了半個太陽，小船瞇起眼睛望著天空，說道，「太陽戴草帽了。」

老周笑了，回答說，「對。戴了個巴拿馬大草帽。」

小船又說，「天是太陽的媽媽，對吧？他們天天在一起。」

老周遲疑了片刻，「我不知道，」他回答，「我想也許他們是夫妻。」

「為什麼？」小船問。

「因為，媽媽不會永遠和孩子在一起啊，孩子長大了，都會離開媽媽的，有的早一點，有的晚一點。」他緊緊摟住了小船。

「哦——」小船回答。

猝不及防地，小船提起了「媽媽」這兩個字。在這之前，他從沒有和老周說起過有關

「媽媽」的話題。無論他高興還是難過，他絕口不提這兩個字眼。自從來到這個小城，來到姥姥家後，他一次也沒有任性地大哭大鬧過，沒有像所有剛剛離家的三四歲的孩子一樣，哭鬧著要媽媽，要回家。他懂事的可疑，懂事的讓人不可思議。有一回，陳香的媽媽忍不住問老周說，「這孩子，不會是把他媽給忘了吧？怎麼沒心沒肺？」老周突然怒不可遏地回答說，「他要能忘記就好了！他要能忘記那上帝就太仁慈了！」

小船突然扭過臉來望著老周，「我知道，媽媽不要我們了。」他憂傷地說。

老周大吃一驚，「誰說的？」

「我看見了。」小船回答。

「你看見什麼了寶貝？」

「我看見——」他猶豫一下，眼睛裡的瞳孔突然放大了，黑暗瞬間像黑水一樣淹沒了這個小人兒，「媽媽站在我臉前，樣子很可怕，手裡拿著大枕頭……五奎也看見了——」

老周一把摟住了這個孩子，所有的猜測，在這一刻水落石出，突然之間他恨極了陳香，假如此刻陳香出現在他眼前，他一定會撲上去毫不猶豫掐死這個瘋狂的女人！原來真的還有更可怕的事情，更黑暗的地獄，上帝居然讓小船看見了這一切，讓一個孩子目睹了這一切：他差一點兒被自己的親生媽媽殺死……太陽從烏雲中鑽出來，陽光重新變得明澈、溫暖，但老周覺得自己在發抖，他抱起了小船，把他放在了自己腿上，嘴裡說道，「寶，你看著我，看著爸爸的眼睛，聽爸爸說，你看見的，不是真的，你是在做夢，懂嗎？你做了一個不好的夢，那只是一個夢，爸爸向你保證，那絕不是真的！我保證——」

小船黑暗的眼睛，目不轉睛地望著他，嚴肅，冷峻，他們就這樣對視了好久，小船突然微笑了，說道，「沒關係……」

老周不明白這個「沒關係」是指什麼。

「我對五奎也是這麼說的，我跟他說，他做夢了，」小船說，「可是他有點傻，分不清什麼是夢什麼是真的。」

「那你好好的跟他說。」老周艱難地回答。

這下小船真的笑了，「他總是要吃這吃那的，這裡根本沒有賣的，我就對他說，你睡吧五奎，睡著了在夢裡就吃到了，他真的就傻乎乎的睡了！」

他喉頭一陣發緊，說不出話來，只是緊緊緊緊抱住了兒子。

這天，回到省城，已經是晚上九點多了，老周沒有回家，他敲開了明翠家的房門。他對明翠說，「把陳香的聯繫方式給我，別說你不知道！」

「怎麼了？出什麼事了？」明翠望著他陰沉冷峻的臉，驚訝地問。

「給我，我要把小船接回來！馬上！」

「老周，你這是唱的哪一齣？受什麼刺激了？陳香怎麼可能讓你把小船接走？那是她的親生兒子，命根子——再說法院也不讓啊！」

「明翠，你要是不給我，我明天早晨就動身去那個城市找她，她不是在什麼雜誌社嗎？我一家一家挨著找，你信不信？」老周緊盯著明翠這麼說。

終於，明翠嘆口氣，說道，「沒跟陳香說，我不能給你，這樣吧，她明天一上班我就去郵局給她打長途電話，讓她直接跟你聯繫，這行吧？現在這麼晚了，她早下班了，沒法接電話，對不對？你坐下，先喝口水。」

他不坐，突然之間他連明翠也感到了厭惡，他冷冷地望了明翠一眼，說道，「我等你消息！」說完轉身摔門而去。

幾天後，他接到了陳香的來信，信封上，沒有寄信人的詳細地址，信裡寫道，她不能讓老周把孩子接走。她說她已經在她的南方租好了房子，也聯繫好了一家不錯的幼稚園，很快就可以把小船接過去了，這種時候，她不希望給小船造成任何混亂，她不希望小船和「那裡」的一切難捨難分，她說，如果他能克制自己的感情，她將十分感謝。

一切，都是以小船的名義。

信很短。言簡意賅。

讀這封信的時候，他奇怪地沒有了幾天前的憤怒，他只是悲傷，他其實知道她會怎樣回答他，他連僥倖的心理都沒有，而且，他承認她的話不是沒有道理。可這卻愈讓他悲傷，那種無能為力的悲傷像黑夜中的沼澤一樣吞沒了他，愈掙扎就愈沒有希望。下一個星期天，他搭早班車來到了小城，手裡拎著大包小包的零食，都是小船愛吃的東西。但是小船沒有在巷子裡斑駁的大門前等他。小船不在。小船的姥姥面色尷尬地在臺階前攔截了他，對他說，小船到舅姥爺家串親戚去了。

他愣了許久，終於，對那個老女人說道，「去把孩子接回來，別把他放在生人家裡，他會很難過……告訴陳香，我不再來了。」

他走上去，把手裡的大包小包，放在了窗臺上，轉身走下了臺階。石頭的臺階，幾十歲上百歲的臺階，破損了，磨得很光亮，小船的小腳丫，一天到晚，嗒嗒嗒跑上來，跑下去。他眼睛一下子濕了。他背對著女人說道，「告訴小船，我出差去了……還有五奎。」

為了小船，他沒有再來過。他等著陳香來接小船的消息，等了一天又一天，從初冬等到了數九寒天，一場雪過去了又是一場更大的大雪，可是，陳香沒有來。

二、馬梅龍

學校南門前，緊鄰著馬路口，有一家本土風味的小飯店，叫「陳家燜麵」，門臉不大，裝修也很簡樸，但乾淨，亮堂，飯菜有一種很貼心的家常氣，是那些單身的教工們很喜歡光顧的地方。

老周常常來這裡吃飯。

馬梅龍也很喜歡。

馬梅龍從南方一座著名的大學裡畢業後分配到了北方，這裡是她的家鄉，可她不喜歡這裡，她從小的願望就是逃離這個天空暗淡的城市。她考上了那所著名的大學後，以為那是一個成功的出逃，但陰差陽錯，四年後，她又回到了這個每到春天就總是風沙漫天的出生之地。

她覺得，這個城市的人，血管裡一定沉澱著沙粒，所以，整座城市才顯得那麼死氣沉沉。

於是，別無選擇地，她開始準備另一場廝殺：考托福。她住校，吃食堂，星期天也不回家，食堂的飯菜吃膩了，就光顧周圍的那些小飯館，「陳家燜麵」就是她最愛去的一個地方。在那裡，她常常碰到老周。起初，他們只是禮貌地打個招呼，各自坐在各自的角落，後來，有一天，很晚了，她去吃晚飯，店堂裡寥落地坐著三兩個客人，她看見了老周，老周一個人在獨酌。她猶豫一下，走了過去。

也許，是雪天的緣故，她有一點取暖的渴望。

「周老師，」她叫了他一聲，很自然地就坐在了他對面，「好興致，在獨酌啊。」

老周抬起了頭，看見是她，笑了，說道，「是小馬啊，怎麼這麼晚才吃晚飯？」

桌子上，是一瓶被酒客們稱作「小二」的玻璃瓶，扁扁的，裡面裝著碧綠的「竹葉青」，那是一種看上去極其誘人和性感的顏色。馬梅龍望著酒瓶點點頭，「『綠蟻新醅酒，』我想大概就是這種樣子，」說著她抬起了眼睛，望了望屋子中央那只巨大的取暖用的鐵皮火爐，「就算那是『紅泥小火爐』吧，周老師，接下來，您是不是該問我一句，『向晚天欲雪，能飲一杯無？』」

老周笑了，一扭臉，朝著櫃檯喊了一聲，「老闆娘，添個酒杯，再來瓶小二！」

三杯酒下去，他們突然抬頭臉對臉望著對方，笑了。

「謝謝您邀請。」馬梅龍戲謔地說。

老周笑而不答。

馬梅龍知道老周是一個有故事的人，陳香那場莫名其妙的「意外」，閃電般的離婚，遠走南方，這使老周不知不覺更有了一點神祕的色彩。在這樣一個平庸沉悶的城市，「神祕」這東西就如同珠峰頂上的空氣一樣稀有。馬梅龍是這樣一種人，她害怕庸常的日子甚於怕死，所以，她覺得在精神上和神祕的老周有一點親近。

馬梅龍望著老周，說道，「周老師，您笑什麼？」

老周回答說，「你呢，小馬，你笑什麼？」

「我笑流言，」小馬回答，「你一定也知道吧？有人說您和陳香老師分手是因為第三者插足，聽說那個第三者是我。」

他們又對視片刻，突然哈哈哈哈一陣大笑。

馬梅龍笑著將兩個杯子都重新斟滿了，把自己的那杯舉到了臉前，「很榮幸成為流言的主角。」說完，一飲而盡。

老周也舉起了自己的酒杯，不笑了，「對不起馬梅龍，莫名其妙把你扯進這種無聊的事情裡，這杯酒，算我陪罪。」

他也一飲而盡，然後，朝著馬梅龍一亮杯底。馬梅龍也不笑了，她端坐在那裡，目不轉睛望著老周，「你不需要道歉，我喜歡生活有響動，要不，太沒意思了。」不知不覺，她把「您」換成了「你」。

碧綠的、醇香的竹葉青，讓她的眼睛如水波一樣婉轉流動，她就像一條清香的河流，清香而妖冶。女人真是千姿百態的奇怪的動物，老周想。憂傷就是在他這樣想著的時候突然襲來，毫無準備的，他開口說道，「其實，我們之間，一直有一個第三者，從一開始我就知道，我以為我能打敗他，或者說，是時間能打敗他，可是我輸了。」他微微一笑，「知道那是誰嗎？」

「誰？」馬梅龍真的很好奇。

「夢幻。」他回答，「青春的夢幻。」

馬梅龍覺得身上一陣發冷，那真是一件挺恐怖挺悲哀的事，她想。愈是虛幻的東西其實愈強大，肉身凡胎哪裡是它的對手？她望著老周搖搖頭，說道，

「所以，你用不著這麼悲傷，因為那根本就不是人類的對手，對不對？就像衰老、像死，誰能抗拒得了？」

老周笑了，「你說得對，馬梅龍，」他又一次斟滿了酒杯，「我自罰一杯。」

「我陪飲。」馬梅龍也豪邁地斟滿了自己的杯子。

他們乾了。這一瞬間有一種默契的感覺像酒香一樣在他們之間氤氳著，他們都是那種有

過去的人，老周在一瞬之間明白了這個。這麼年輕的姑娘，他憐惜地想。這個世界上，怎麼到處都是傷心的人？

就是從這個雪夜對酌的晚上開始，他們兩人變得像朋友一樣親近起來。那一晚，他們喝乾了五瓶小二，老周是沒有多少酒量的，三四兩差不多就能把他放倒，所以，馬梅龍的酒量由此可見一斑。不知不覺，外面的雪，已經積了厚厚的一層，他們踩著積雪回家，走得飄飄欲仙東倒西歪。雪使這個灰色堅硬的城市變得柔軟、潔白，還有一點清冽的浪漫。他們在老周家樓下的那條岔道口分手，馬梅龍說道，「再見——」然後咯吱咯吱踏雪而去，走出十幾米遠，來到一盞路燈下，她站住了，猛地轉身回頭，看見老周還在那裡站著，隔了一片白茫茫的雪地，朝她張望。

她頭頂上的燈光，網住了紛亂的雪花，看上去那些雪花就像是一群沒頭沒腦的絕望的飛蛾。她站在燈光裡，茫然而淒麗。他們就這樣默默張望了一會兒，馬梅龍突然向他揮了揮手，說道，「平安無事——」，然後掉頭而去。

他望著她的背影笑了，「平安無事！」他心裡說。

回到那個空蕩蕩的家裡，他趴在馬桶上吐了。他吐得翻江倒海，吐出了眼淚。他站起來洗臉，洗了一把，卻有更多的淚水湧出來。自來水嘩嘩流著，他的眼淚止也止不住。這個軟弱的夜晚，他比任何時候都更想念小船，想念那個該死的、該死的陳香。

新年的除夕夜，老周是在明翠家過的，明翠邀請他到他們家去吃年夜飯。明翠準備了一只什錦火鍋，底料是清香的磨菇雞湯，裡面煮了燒肉、乾炸小丸子、肉皮做的假魚肚、海帶豆腐還有叫做「馬牙青」的大白菜等等，紅紅的木炭燒的嗶嗶剝剝，渲染著節日的氣氛。那一天，小壯不在家，去奶奶家過節了。老周明白那是明翠有意的安排，她是怕老周看見小壯觸景生情。酒足飯飽之後，明翠一邊削蘋果一邊似乎是漫不經心地說道，

「聽說過馬梅龍的故事沒有？」

「什麼故事？」老周問。

「她在他們學校可是非常有名，是個家喻戶曉的人物。」

「為什麼？」

「聽說她和一個教授，哦，也許是副教授吧，搞婚外戀，讓人家的老婆衝進教室裡，當著一教室的人搧她耳光，大鬧課堂……本來她在那邊已經有了一個很好的接受單位，那女人又跑到了那單位裡去大鬧，結果事情當然黃了——她只好落荒而逃。」

「為什麼跟我說這些？」老周不動聲色。

「你說呢？」明翠反問，「你們不是朋友嗎？」

「當然是朋友，」老周斬釘截鐵回答，「你意思是說，她有『過去』，可我的朋友裡，

有『過去』的可不只馬梅龍一個。」

明翠在盤子裡把蘋果慢慢切成花朵般的果瓣，擺在他面前，「老周，你也許不知道，陳香——」她頓了一下，「陳香臨走前拜託過我一件事，她想讓我成全你和馬梅龍，所以，我對馬梅龍沒偏見，我只是看在老朋友分上告訴你事實，你別想歪了！」

老周望著那一盤漂亮的蘋果，他有一種衝動，想把那果盤甩到幾千里外陳香的臉上，想看到那盤子在她冷酷無情的臉上開花。他想像著那痛快淋漓的場景笑了。「她可真慈悲，真大度！你轉告她，」他抬起了頭，臉上還掛著奇怪的惡意的笑容，「我的『家庭幸福』就不勞她費心了，她如果還有心的話，就讓她多想想她該想的，想想小船——」他覺得嗓子哽了一下，眼睛裡一下子湧上來深不見底的悲傷。

這是一個不夜的夜晚，校園裡很熱鬧，到處是年輕人的歡笑，每個班級差不多都在開聯歡會，張燈結綵，答錄機裡放著那些耳熟能詳的流行音樂和舞曲。這就是西曆新年和農曆春節之間的差別，新年的除夕夜，校園裡人聲鼎沸，大家都在等待著聆聽新年的鐘聲。而春節，因為永遠在寒假裡，所以那一夜的校園，格外寂靜荒蕪。

新年到了，春節還會遠嗎？老周想。

從明翠家鬱悶地回來，剛剛坐定，就聽到樓下傳達室有人高聲喊，「周老師，周敬言，電話——」

他知道是馬梅龍。

「喂——」他握著那只黑色的、骯髒的聽筒，從裡面傳來了那個年輕的聲音，「想不想聽新年的鐘聲？南十方院今天晚上有敲鐘祈福法會。」

他一直想著明翠的話，「陳香拜託我一件事，她想讓我成全你和馬梅龍……」他知道這一切和這個叫馬梅龍的姑娘無關，可他仍然覺得自己彷彿落入了一個圈套，就像一隻傻鳥一樣落入了那個張在雪地上的網罟。

「喂，在聽嗎，怎麼不說話？」馬梅龍在那邊問。

「對不起，小馬，今晚我哪兒也不想去，我有別的事，你，你約別人吧。」他回答。

許久，馬梅龍不說話。

「小馬？」他感到了一點不安。

「我在。」

「對不起，」他說，「聽新年的鐘聲，是年輕人的事情，我沒那個興致了。」

「沒關係，」馬梅龍不動聲色回答，「本來想等到鐘聲敲響之後再跟你說的，只好提前說了，周敬言，新年好！」

這聲「新年好」，差點讓老周落淚。他緊握著聽筒，努力讓自己的聲音聽上去平靜，「馬梅龍，明年見——」說罷，他輕輕掛上了電話。

周敬言，新年好。可是他一點、一點也不好。

他走出傳達室，走出宿舍院那扇小門，來到燈火通明的校園，「我總是問個不休，你何時跟我走——」崔健在許多扇窗子後面不屈不撓吼叫著，新店溪的月光、南屏晚鐘、還有一匹亂衝亂撞的來自北方的狼，把寒風中的校園攪動的熱氣騰騰。生活真是沒心沒肺啊。生活真是一個混蛋。

無辜的姑娘，不知情的姑娘，他在一個人人歡樂的夜晚傷害了她。

後來，他一個人坐在了圖書館前的臺階上，一直坐到了午夜。隱隱約約地，他覺得自己聽見了悠揚的音樂般的鐘聲，他願意相信那是十方院為眾生祈福的大鐘，他願意相信這一刻他和所有自己珍惜的人們在一起。

三、黑暗與告別

新年過去僅僅五天，小船就出事了。

那天是星期三，老周一週裡最忙的一天，一上午，他有四節大課，在階梯教室同時給兩個班上。那是個力氣活，即使對於像老周這樣的青壯年來說，一口氣滔滔地說四個小時，也是吃力的。何況他那天講的還是魯迅的《野草》。

但他卻毫無預感。

中午，他去「陳家燜麵」吃午飯。他以為會碰到馬梅龍，卻沒有。自從除夕夜那個電話之後，他還沒有再見過她。他天天來「陳家燜麵」，她卻一次也沒有在這家她一向喜歡的小飯館露面。

他心裡想，也好。這樣也好。可不知為什麼還是有些悵然。

就在這時他看到了明翠。

明翠是一路跑來的，奇怪的是她沒有騎自行車。她臉色煞白站在門口，氣喘吁吁說不出話。她逆光站在那裡，悲哀地望著老周。噩耗寫在她的臉上，她的眼睛裡，她因為恐懼和絕望而手足無措的身體裡。老周驚訝地望著她，慢慢地迎著她站起了身，那一剎那，他脊背上的汗毛突然之間在恐懼中全部直豎了起來。

「小船——」明翠聲音嘶啞地、呻吟般地說，「小船出事了……」

小城醫院的太平間，簡陋，寒愴，四壁慘白，空空蕩蕩。只有一張冷漠的鐵床支在房間中央。要穿過一個空曠、荒蕪的院子，穿過一大片在北風中瑟瑟發抖的枯草，才能抵達這間毫無修飾和遮掩的生命最後的驛站。

小船像睡著了一樣躺在床上。

床看上去很大，小船很小。

老周走上去，抱起了小船，他冰冷的親愛的兒子。他把他抱在懷裡，對他說道，「寶，我們回家。」沒人敢阻攔他，他們父子二人穿過那個荒蕪的院子從後門來到了街上，老周說，「寶，爸爸帶你去坐火車——」人們面面相覷，知道這人神志不清。明翠鼓起勇氣伸出雙臂攔住了他的去路，明翠流著眼淚說道，「老周，人家不讓小船上火車……」

「那我們就走回去。」老周聲音不高卻斬釘截鐵地回答。

「聽我說，老周，你帶他回去，小船就得火化。孩子怕火，孩子一定會疼……在這裡我們可以讓他安安靜靜睡在棺木裡，你忍心把這麼小的小船送進焚化爐裡去？」

老周呆住了。他呆呆望著明翠的臉，不明白從她紅口白牙的嘴裡怎麼會說出「火化」、「焚化爐」這樣一些殘忍的字眼，更不明白這些字眼怎麼會和他的小船扯上關係。明翠的嘴一張一闔，沒有了聲音，突然之間他身體深處有個地方尖銳地、凶狠地一疼，他眼睛黑了一下，眼淚就在這時無聲地湧流出來，他清醒了。

等到陳香從遙遠的南方趕來時，小船已經睡在一具小小的、沒有來得及油漆的白茬棺木裡。他們告訴她那是柏木的棺材，有一股清香凜冽的柏樹的氣息。靈柩就停在家裡，停靈的屋子裡沒有生火，很冷。陳香請求所有人都出去了，她掩上了房門，把自己和兒子關在了一起。

整整一下午，裡面無聲無息。

等到房門終於打開時，陳香走出來，迎面撞上了一直、一直等在門外的老周，他們默默對視片刻，然後，猝不及防地，老周揮手給了陳香一個狠狠的耳光。陳香沒有躲閃，她面無表情，一雙血紅的眼睛裡，沒有一滴眼淚。

那一夜，他們共同為小船守靈，陳香、老周、還有五奎。現在，親人們都在他身邊了，這孩子日夜想念的媽媽、爸爸，此刻，都來在了他身邊，乘飛機、坐火車，來和這小小的孤寂的生命告別。他們沉默著，誰也不說話，只有插在一只古舊的銅香爐裡的線香，裊裊地，升騰著，飄蕩著，就像小船的呼吸。老周懷抱著五奎，它毛茸茸的小身體裡儲存了太多小船的氣味，血肉的氣味。對不起，寶，他在心裡和小船說話，對不起，我在你面前打了你媽媽……為了她曾經那樣冷酷地對你……

下葬後，老周帶著五奎來到了東寺。本來，小船的姥姥想讓小船帶走五奎，但是老周沒有這樣做。他知道小船一定不希望這樣，那樣很殘忍。他知道小船一定想讓五奎生活在有陽光的地方，有青草的地方，想讓五奎去看他自己再也看不到的世界。老周對他們說，「五奎我帶走。」沒人敢提出異議。陳香也沒有。老周敵意地望著陳香，眼睛裡充滿對她的仇恨。那眼睛在說，你敢奪它試試。

數九嚴冬的陽光，清冽，稀薄，在這樣的陽光下，東寺顯得更加荒涼。老周和五奎在空曠闊大的大殿臺基上坐了一會兒，他們是來和東寺告別。和白塔告別。塔上的風鈴，細碎地、悠長地響著，非常傷心。他知道自己再也不會來這個傷心的地方了。他眷戀地凝望著這又美又頹敗的一切，大殿、偏殿、白塔，還有風中的枯草，畫一般的枯草，在心裡和它們永別。

一個人影走進了空曠的陽光中。

她朝他走來，無聲無息，這無聲無息的行走讓他在一剎那產生了錯覺，以為那是一個皮

影，一個紙人，一個鬼魂。就在這一刻，他看出她瘦得是那麼厲害，瘦得脫了形。他看她走來，站在臺階下面，她對他說道，

「我知道你要從這裡直接去車站，我想再看一眼五奎。」

幾天來，這是他們面對面說的第一句話。

他沒有回答。

「讓我抱抱它——」她仰起臉，朝五奎伸出雙手，就像從前，她向兒子伸出雙手一樣。

他沉默片刻，將五奎默默地遞過去。她接過來，轉身，背對著他，把五奎貼在了自己臉上。他看不到她的臉，她的神情，只見她用面頰不住地摩挲著五奎的小身體。許久，她轉過身來，乾裂的、爆了皮的嘴唇朝他咧了一下，像是在笑，她說，「都是小船的味道——」

然後她從羽絨服的口袋裡掏出一樣東西，「給五奎做的，小船總說五奎沒有衣服穿，昨晚我給它趕做了一件，做的不好……」她一邊說一邊手忙腳亂地把那件小衣服套到了玩具小狗的身上，一件紅色燈芯絨的小衣服，很不合身，皺巴巴的，一看就出自一個外行的手，穿在潔白的五奎身上有一種滑稽的鮮明和淒豔。自始至終，老周沒有說一句話，他看見她的手一直在抖，她最後親了親五奎，把它朝老周腳下的臺基上一放，掉頭而去。

這天，從火車站回到家裡的老周，在家門口，看見了等在那裡的馬梅龍。他毫不遲疑地

走上前去，把這溫暖的姑娘抱在了自己懷裡。他抱緊了她，淚流滿面，對她說道，「馬梅龍，我兒子死了……」馬梅龍像安慰孩子一樣不停地拍著他發抖的脊背，回答說，「我知道，我知道，我知道……」

第七章　神的眼睛

一、紙蝴蝶

喪事過後，明翠沒有馬上離開那個傷心的小城，她請了一週的假，又和人調了幾天課——她十分不放心陳香。

整個喪事期間，陳香很安靜，太安靜了。沒有哭，甚至看不見她流淚。也許她把自己和小船關在一起的那個下午，發生過什麼，可是沒人知道。她安靜地承受著災難，那裡有一種奇怪的陌生的馴順。無論是老周當眾搧她耳光的時候，還是和她爭奪那個叫五奎的玩具小狗的時候，明翠就看出了這個。誰有權力這樣傷害一個剛剛失去兒子的母親？可是她給了他這個權力。

那一聲不由分說的脆響，憤怒的脆響，猶如惡夢一樣驚擾著明翠。她不認識這個安靜馴順的陳香，這個低下頭來的陳香。這讓她提心吊膽，讓她害怕。

下葬之後，第二天，陳香就把自己關在了曾經停靈的那間廂房裡，那裡除了一盤空曠的大炕之外幾乎沒有任何家具。炕是冰冷的，沒有生炕火，她搬了只小板凳坐在炕前，在炕沿上鋪開了一些信紙。她開始在信紙上書寫，不知道她寫什麼。一上午她就這麼寫著，在冰冷的屋子裡。明翠悄悄趴在窗玻璃上朝裡張望，她穿著厚厚的羽絨衣，寫寫，停停，把顯然是凍凝的筆尖放在嘴邊哈哈熱氣。明翠落淚了。這一刻她不知道什麼才能拯救這個被災難吞沒的女人。

下午她一個人出門，去了小船的墓地。明翠遠遠在後面跟著她。墓地在城外，在一片耕地的邊上，四周有幾棵北方的雜樹。此刻，無論是耕地還是樹木，都荒蕪著。陳香在兒子的墳包前掏出那幾張信紙，還有一包火柴，她劃了一根火柴，把信紙點燃了。她讓它們一張一張地燃燒，看它們抽搐著變為灰燼。風很快就吹散了它們，吹散了這些輕盈到毫無分量的紙蝴蝶。當它們像黑色的魂靈飄飛而去的一瞬間，明翠覺得自己滿心淒涼：她明白了陳香是在給小船寫信。

給另一個世界的孩子。

接下來的每一個日子，她都在不停地寫、寫，然後再到墓地前燒化。三天過去了，五天過去了，「頭七」也過去了，她就這樣一直安靜地寫著，燒著。她安靜得讓身邊的人愈來愈害怕。她把一床被褥搬進了那間小廂房裡，趁她去墓地的空隙，家人替她在屋裡生起了炕火，擺上了一張小炕桌。現在這屋裡終於有了一點暖意，晚上，她就睡在這間曾經停靈的屋子，那屋裡，有時半夜有時凌晨會突然亮起燈光，那是陳香突然爬起來撲向攤著信紙的炕桌。沒人知道她寫的是什麼，也沒人知道她怎麼會有那麼多的話要說。她不停地寫呀寫，幾乎不吃不睡，就像一隻吐絲的春蠶，要把自己的生命一點一滴纖毫畢露地吐出去。小船的姥姥束手無策，她除了哭不知道該怎麼辦才好。她對明翠說，「明翠啊，想想辦法吧，再這麼寫下去，人就不行了……」

第八天，早晨，明翠終於鼓足勇氣闖進了那個禁地。她逕直走到那張炕桌前，對陳香說道，「是在給小船寫信吧？」

陳香本能地用胳膊擋住了信紙。

「我知道你在給小船寫信。」明翠說。

陳香望著她，不回答。

「陳香，你白寫了！」明翠直視著她的眼睛這樣說道，「你忘了一件事，小船根本不識字——你寫了什麼，他根本看不懂！」

陳香像是沒有聽明白。

「陳香，小船不識字，他——看——不——懂！」明翠冷靜地、冷酷地告訴了陳香這個事實。

陳香張大了眼睛，突然，「噢——」地一聲，她嘴裡發出了一聲類似獸一樣的嚎叫，淒厲、撕心裂肺，那裡似乎有一種人類聽不懂的絕望和哀傷。她一頭撲倒在炕上，用額頭咚咚地撞擊著只鋪了一塊花油布的磚炕，撞出沉悶的驚心動魄的聲響。她「哈哈哈」喘息一般哭著，一邊哭一邊撞一邊含糊不清地喊道，「怎麼辦？——怎麼辦？——怎麼辦？」沒人知道該怎麼辦。明翠俯下身緊緊抱住了她，明翠哭著說道，「不知道，不知道，不知道……」她們就這樣抱在一起絕望地哭著，誰也沒有辦法讓她們的小船從那個世界回來。

屋簷下，掛著長長的冰柱，陽光照射在上面，有一種不關風月的綺麗。小城人把這冰柱叫做「凍梨」。

小船再也不會說，「凍梨裡有甜的太陽……」

沒有這個孩子的原諒，陳香，她將是一個永生永世的罪人。從此，她的罪業，就將是她的神。

這天深夜，陳香病了，劇烈的胃痛使她在炕上縮成了一團。這夜，幸好明翠留在了這間小廂房裡，明翠被驚醒了。她開燈，看見她面色如土，汗珠像透明的蟲子一樣滾了一臉。可是她咬緊牙關，不喊，也不呻吟。她急忙抱起她，就在這時她「哇——」地一聲開始嘔吐，噴射性地，吐出那些暗褐色的可疑的腥氣的東西，那是血。

他們把她就近送到了縣醫院，診斷結果，胃潰瘍引發的胃出血，情勢危急，需要馬上手術。

幸運的是，她遇上了一個好醫生。那天縣醫院有個疑難手術，他們從省城請來了一個經驗豐富的副主任醫師主刀。手術比預計的時間要漫長，於是，省城的醫生錯過了當晚的火車。陳香被送來時，醫院從醫生下榻的招待所又一次將他請到了手術臺上。手術是順利的，腹腔被打開時，胃已經穿孔，醫生俐落地決絕地將這個受傷的器官切掉了四分之三。從手術臺上下來，醫生對守候在手術室外的親人們說道，「很漂亮。」

這個「很漂亮」，是指那個殘存的器官。他盡可能地使那個殘存的胃看上去不那麼殘缺和猙獰。儘管那無關手術的成敗，但他是個完美主義者，他的業餘愛好是臨摹德加的油畫，臨摹那些優美的天鵝般的芭蕾舞者。所以，他不能容忍一個美麗的女性擁有一個醜陋的器官，儘管它深藏在體內，人眼看不到它，但是，神看得到。他想。

「不過我想知道，患者最近是受了什麼強刺激嗎？」他疑惑地問家屬說，「女性得胃潰瘍的概率很低，嚴重到大出血和穿孔的更不多見，這麼說吧，我當醫生十多年，這還是我碰到的第一個病例。」

家人面面相覷。

陳香從麻醉中醒來時，已經是黃昏時分了。明翠和陳香的哥哥給她包了一間單人病房。她睜開眼睛時，身邊只有明翠一個人守在那裡。她身上插了好幾隻管子，輸液的、輸血的、

還有導尿的。她靜靜地望著明翠，許久，她輕輕說道，

「我以為，很快就能跟小船見面了……」

明翠用一根手指壓住了她沒有血色的嘴唇。

「哪有那麼容易啊，陳香。」明翠用耳語一樣的聲音回答。

陳香微微一笑。

「是啊，哪有那麼容易？」笑容迷失了，更深的悲傷漫進了她的眼睛，「神不會對我那麼好，上帝不會對我那麼好，我不能逃……」

「你別這麼想，陳香，你不能鑽牛角尖，小船出事，是意外，不是你的錯啊。」

陳香搖搖頭，「你不知道，明翠，你不知道，」她悲哀地望著明翠，「你看不見，可是神能看見……我不會再逃了，我本來就不該逃……」眼淚慢慢地流出了她深淵般黑暗的眼睛。

要到很久之後，明翠才能真正明白陳香的話。

二、百年好合

半年後，老周和馬梅龍低調地「扯」了一張結婚證。不知為什麼，這個地方，人們都把領取結婚證這件事叫做「扯」。他倆扯結婚證，沒告訴任何人，只是到系辦開出了介紹信。他們買了一些糖，有酒心巧克力、大白兔、紅蝦酥糖等等，照規矩給了辦事處的人一大包，剩下的，馬梅龍把它們裝在了一只白色的細瓷碟子裡，擺在了餐桌上。頓時，屋子裡有了一點不同尋常的喜氣。

他們圍桌而坐，馬梅龍動手剝了一塊巧克力，送到了老周嘴邊，說道，「喜糖是要吃一塊的。」

老周吃了。也從碟子裡挑了一塊紅蝦酥，剝開了，送到馬梅龍的嘴邊，說道，「你也來一塊。」

馬梅龍又剝了一塊大白兔，餵進老周嘴裡，說道，「再來一塊，好事成雙。」

老周也揀了一塊花生牛軋，對馬梅龍說，「好事成雙。」

他們就這樣，臉對臉，你一塊，我一塊，分享著自己的喜糖。

「花好月圓。」馬梅龍說。

「琴瑟合鳴。」老周說。

「百年好合。」馬梅龍說。

「龍鳳呈祥。」老周說。

「白頭偕老。」

「子孫滿堂。」

……

他們你一句，我一句，把能想到的恭賀夫妻結褵的吉祥話都說盡了。原來這樣的吉祥話他們知道的並不多，沒有幾個回合就語塞詞窮了。他們對望著，突然無聲笑了起來。

午後的陽光，灑滿這間乾淨的屋子。陽臺上有幾盆闊葉的植物，橡皮樹、龜背竹，它們在地板上投下了斑駁而安靜的影子。這是一套兩居的舊式單元房，紅磚的建築，天花板很高，一看就知道是五十年代的樣式，有一點蘇維埃的氣息。從前，馬梅龍還是個小姑娘時就住在這裡，後來，她父母搬進了新居，這房子就成了她哥哥嫂嫂的新房。不久前她哥嫂雙雙出國，於是馬梅龍就搬了進來。

「謝謝你，周敬言。」馬梅龍收斂了笑容，突然這麼說。

「不用謝，我願意。」老周回答。

幾個月前，馬梅龍拿到了托福的成績，開始申請美國的學校。但是她的父母突然對她提出了一個要求，父母說，他們不能接受有一天女兒給他們領回家一個金髮碧眼的洋女婿，所以，馬梅龍如果不定下自己的終身大事他們就不同意她出國。也許，是因為兒子剛剛飄洋過海遠走異邦，所以他們捨不得女兒遠走高飛，也許，是因為他們真的在情感上有顧慮。不管是託辭也好，顧慮也好，他們的態度卻十分強硬。特別是馬梅龍的母親，母親這樣對馬梅龍說，「你要還是這個家的女兒，你就本本分分找個可託付的人，扯了結婚證再走，你要想起一出是一出就這麼走了，梅梅，你就見不著我了！」

母親在這個家裡，向來說一不二，她是個烈性子的女人，父親常常自我解嘲說，他有「季常之癖」。何況母親還有高血壓，天天早晨服藥，只要一生氣血壓就是她對付全家人的殺手鐧。母親自己是個醫生，在醫生的嘴裡血壓永遠是個危言聳聽的話題。

馬梅龍遇到了阻礙。

「你說，」她問周敬言，「扯了結婚證，簽證的時候，有好處還是有害處？」

老周搖搖頭，「這我可不知道。」

「有害處，」馬梅龍自己回答，「簽證官會想，把這個人放出去，那另一個就得去陪讀，等於要放走兩個，對不對？」

「對。」老周點點頭。

「可也許簽證官會這麼想，這個人結婚了，她丈夫在中國，所以，她沒有明顯的移民傾向。對不對？」

老周想了想，好像也有理，「對。」他又點點頭。

「可到底是有好處還是有害處？」她嘆口氣。

「那就要看簽證官怎麼想了。成也蕭何，敗也蕭何。」老周回答。

「是啊，成也蕭何，敗也蕭何。」

「問題是，」老周說，「你得先過你媽這一關，別真把老人氣出個長短，有你後悔的。」

「我想不明白，我哥出國，我媽那個驕傲！恨不得在大馬路上拉住一個陌生人告訴人家，我兒子出國讀博士去了！到我這兒，全變了，好像我出去一定是要幹什麼丟臉的事似的！人真他媽的是不能有前科——」她忍不住說了一句粗話。

「馬梅龍，別這麼說，他們只不過是不放心你。」

「可我得想明白簽證官怎麼想，我可不能冒險。」馬梅龍憂心忡忡地回答。

「既然兩種可能各占百分之五十，那就做個樂觀主義者，往好處想好了。」一杯水喝了一半，就說，哎呀，不錯，我還有半杯水呢。」

馬梅龍被他逗笑了。

「就算我想做個樂觀主義者，就算簽證官認為我這個有夫之婦沒有移民傾向，就算是這樣，可是，誰又能跟我去扯結婚證呢？」

「我呀。」老周平靜地回答。

馬梅龍愣了片刻。

「周敬言，我以為你不會開玩笑。」

「我沒開玩笑。」老周回答。

「你是想幫我嗎？」馬梅龍變得嚴肅了。

「不是，」老周搖搖頭，「我幫我自己。我想離開這裡，你如果能先出去，我也許就可以辦陪讀，這個地方，我不想待了……」他憂傷地疲倦地笑笑，「馬梅龍，你願意幫我這個忙嗎？」

片刻，馬梅龍站起來，走上去，輕輕抱住了老周，就像抱一個孩子。老周則把頭埋在馬梅龍溫暖的胸前。兩個傷痕累累的男女，抱在一起，突然滿心淒傷。許久，馬梅龍說道，

「我名聲不好，你不嫌棄嗎？我是個麻煩女人，我會拖累你……」

「我不怕，」老周回答，「難道我的麻煩還少嗎？」

是啊，也許，這就是他的宿命，永遠和那些有麻煩的女人深深糾纏，那些激情的動物，那些只知道瘋長不知道方向的植物，他總是被她們有毒的香氣吸引。你能夠讓飛蛾不撲火嗎？你能讓杜鵑不泣血嗎？你能讓海水不漲潮嗎？這就是神的秩序。他想。

就這樣，他們真的去扯了那張結婚證。

這一次，似乎神眷顧了他們。事情很順利，馬梅龍的簽證在新學年開始前終於下來了。看來，「已婚」的身分大概幫了她的忙，至少沒給她帶來不利的影響。她的托福成績，她曾經就讀的那所南方大學，申請那些常春藤名校的全額獎學金自然是不可能的，可她還是憑實力拿到了中部一所學校數目不算小的獎學金，這筆錢，除了學費之外，還夠她勉強糊口。至少，她眼下還用不著一天十幾個小時在中餐館端盤子打工。那學校的名字，叫愛荷華大學。

臨行前，他們兩人度過了一段忙亂不堪的日子。像那個年代所有出國讀書的人一樣，為了在國外省錢，要帶的東西實在是太多太多，穿的、吃的、用的，還有書，哪一件也割捨不下。為了防止超重，老周從學校食堂借來了一只大秤，精確地計算著那些東西的重量。除此而外，還有各種各樣的雜事，到銀行換錢、訂機票、到出國人員檢疫所體檢、為某一種證件做公證……日子過的像打仗，幾乎沒有給他們留下咀嚼離愁的時間。然後，那一天突然就來了。

他送她到北京。

他們坐夜車，清晨時分抵達北京，住進了一間還算乾淨的招待所。飛機是第二天上午起飛，這樣，他們就有了一整天閒暇的時間。那一天，他們兩人去了天壇。他們都覺得應該去辭別一點什麼。非常奇怪，他們幾乎是同時想起了李後主的那句詞：「最是倉皇辭廟日，教坊猶奏別離歌」，很不吉利，也不恰切，他們兩個二十世紀八十年代的小小老百姓，哪裡有家廟可辭？可他們就是想去和什麼莊嚴的東西辭別。

那天不是休息日，可仍然有不少的遊人，在祈年殿裡，他們遭遇了一個日本的旅遊團，那是一個老人團，遊客都是老頭和老太太，白髮蒼蒼，個子不高。他倆站在他們中間有些像羊群裡的駱駝。他們差不多是在俯瞰著這些一身歲月痕跡的老人。他握住了馬梅龍的手，眷戀就是在這時突然湧上他的心頭，他感到了自己對這個女人的珍惜。

後來他們來到了回音壁，像所有人一樣，做著那個試驗。她在一頭，他在另一頭，她對著牆壁說，「花好月圓——」這話穿越了長長的幾百歲的建築一波三折抵達了老周的耳朵。老周回答說，「琴瑟合鳴——」

他倆都笑了，想起「扯」結婚證那天他們的那個遊戲。

「白頭偕老——」馬梅龍喊。

「子孫滿堂——」老周也喊。

「百年好合——」

「夫唱婦隨——」

突然之間他們沉默了，「夫唱婦隨」這幾個字，讓他們觸景生情。就在這沉默的空隙裡，肅穆的松風長驅而入。

「周敬言，你會來美國找我嗎？」許久，馬梅龍終於對著牆壁這麼問。

「我會，」老周回答，「馬梅龍，你要好好等著我——」這句話，彷彿千山萬水地，悠遠地傳來，蕩起纏綿的回聲，「等著我——我——我——」聽到這句話，馬梅龍哭了。

「周敬言，這裡是天壇，你說話要算話！」

「馬梅龍，我說話算話——」

「周敬言——」

「馬梅龍——」

他們欲言又止，誰也沒有說出那三個字：我愛你。可是那一刻，他們在心裡說了。

三、波光瀲灩

馬梅龍來到這個小城時，正是秋天。她租住的房屋離河不遠。那河叫愛荷華河，河水安靜、豐滿，一路流向那條著名的大河密西西比。那是一年中小城最美麗的日子，滿城的樹，她叫不出名字的大樹或是年輕的小樹，許多都紅了葉子。在湛藍的天空下，一樹一樹紅葉，常常出其不意地撞痛她的眼睛。那種寧靜的美，會讓她突然落淚。

每週，她都會給老周寄去一封長信。在信裡，她描述著這新大陸這小城內外的一切。她寫愛荷華河，告訴他河水的顏色和氣味，還有河裡那些成群的野鴨、無人垂釣的鯉魚；她寫河邊的樹，寫她怎樣在河岸邊揀那些熟透了掉在樹下草叢裡的白果，這裡的居民似乎誰也不知道白果是怎樣一種奇妙的食材和藥材。她寫週六或週日的早晨，學校帆板隊怎樣熱火朝天地在河上訓練，喊著節奏明快的號子；她寫這條河流盡頭那條偉大的大河密西西比，寫那大河帶給她心靈的那份觸動還有些許的遺憾……

去看密西西比，是在來到這裡兩個月之後，她在這裡意外地遇到了大學裡的一個學姐，學姐比她早來美國一年，有一天，在一家越南人開的專賣中國食材的小超市裡，她和這學姐不期而遇。她們驚叫著，互相擁抱。那是兩個月來她第一次忘記了去看周圍人的眼色，她第一次在別人的家園沒有顧忌地流露了真心的驚喜。作為一個先行者和「前輩」，學姐自然而然承擔起了一個嚮導的角色，帶領初來乍到的她融入這個城市。學姐的男友有一輛二手車，於是，在深秋裡的一天，他們一行三人開車來到了一個叫達文波特的地方，突然地，密西西比來了。

沒有想像中壯闊和波濤洶湧。

他們登上了一條遊船，溯河而上，漸漸地，她心裡的那一點失望隨波而去了。置身於船上，這河慢慢地袒露，它毫不咄咄逼人的坦蕩和恣意，它充滿力量的平靜與自由，讓馬梅龍感動。原來它是這樣的啊，她想。原來它是這樣和這片遼闊的大地相處。沒有堤壩，沒有戒心和阻擋，也沒有修飾，它們赤誠相見。馬梅龍凝望著它的波光，眼睛濕了，她感覺到了神的尊嚴。

在船上，她買了一件小小的紀念品，一個小木雕，造型簡單、拙樸，看上去是一個早年間的水手也許是船長，戴一頂舊舊的水手帽，腳蹬黑膠靴，聳著肩，兩手插在褲兜裡，嘴裡噙著一只大大的菸斗，樣子十分傳神。他讓她想起了馬克·吐溫、海明威……兩美元九十美分，她擁有了一個密西西比的兒子。

小城四周，是一望無際的玉米地，收割的季節到了，巨型的收割機在田地裡工作著，儘管那是巨大的機器，可不知為什麼它仍然給人一種孤獨感，天太遼闊了，莊稼一望無邊，沒有人跡，收割機緩慢的移動就像是大海裡一隻獨自航行的小船。無數次撞見這情景，馬梅龍就會突然無端地湧上來淒傷，覺得自己真的是隻身一人來到了天的盡頭。

她很想念老周。

她找到的第一份工作，是幹農活，在田地裡收蘿蔔。是那種漂亮的櫻桃小蘿蔔，從前，她只在餐桌上見過水靈靈鮮豔的它們，卻不知道它們的出處：她還以為它們是像番茄一樣結在枝葉間的呢。原來它們埋在地下，要用小鋤刨、用手拔，再抖掉它們身上的泥土。它們真是珍貴啊。人類還沒有機器能夠取代這個辛苦的過程。一個人、幾個人、有時是一排人，蹲在田裡，一天下來，手磨破了皮，腿幾乎不會邁步。可是報酬很高。幹這種農活的，大多都是一些來自墨西哥的打工者，還有就是急需掙學費和生活費的學生。

但是有獎學金的馬梅龍加入到了這個行列。

她從沒幹過農活，沒像她的兄長們一樣插過隊，她是那種溫室中長大的花朵，可是她不怕吃苦。她咬緊了牙關，排在那支收穫的隊伍裡。身旁的墨西哥打工者用她聽不懂的西班牙語交談，有時他們會唱起又歡樂又憂傷的歌，藍天下，那歌聲在田野裡傳得很遠，她聽不懂，可是它們總是能鑽到她心裡。後來她知道了，他們唱的是一種在墨西哥非常流行的「那亞克氣」。

秋收過後，愛荷華州變得更加遼闊和空曠，而馬梅龍則變黑了，她擁有了橄欖色的皮膚，一手掌的硬繭，眼睛卻變得更明亮。生活有方向的人才能擁有那麼明亮的眼睛。一個星期天，學姐帶她去參加了一個「派對」，那是在一對中國夫婦的家裡，丈夫是大學教授，妻子是家庭主婦，也是學姐的好朋友。他們在花園裡燒烤，用柏樹枝烤小牛排，喝法國安茹桃紅酒。馬梅龍坐在主人家廊下一只秋千吊椅上，喝著香醇的安茹紅酒，酒使她的眼睛波光瀲灩。花園草地上，幾個年輕人在彈吉他，一邊彈一邊輕輕唱著披頭四的歌。思念突然洶湧地淹沒了她。

周敬言，我想你。

我想要這樣的人生。

離她住處不遠的地方，有一家小教堂，在一些特殊的日子，教堂裡會舉行婚禮。這樣的日子裡，她會碰到那些身穿禮服和正裝的男男女女。看慣了平時衣著簡單隨意的小城居民，突然看到盛裝出場的人群，每每讓她心頭一震：原來結婚是這樣一件嚴肅的事，是需要神來證明的事……她想起他們在天壇回音壁前的遊戲，想起那句如同千山萬水般最終抵達的許諾，「馬梅龍，你等著我——」她就在心裡一遍一遍默默回答說，「我等你，等你，等你——周敬言，等你，就是我的信仰。」

兩年後，她拿到了她的碩士學位，秋天，她就是一個在讀的女博士了。也就是說，他有了陪讀的資格。

兩年的時間，她幹過各種農活，收蘿蔔、摘蘋果、給那些沒有聯合收割機的農莊主掰玉米。她還給人看過小孩兒，也在中餐館端過盤子。她的兩隻手，早已不是在國內時的纖纖玉手，它們瘦而硬，有種所向披靡的勇氣和鋒利。她就用這樣的手，為老周掙來了機票錢、掙來了足夠他第一學年的學費、生活費。她給他寫信說，現在你可以來了。

兩年間，她無數次聽到過教堂裡這樣的祈禱：「我信天主全能者，聖父化為天地。我信其唯一聖子耶穌基利斯督我等主……我信其受難……我信其升天，坐於全能者天主聖父之右。我信其日後，從彼而來，審判生死者……我信罪之赦。我信肉身之復活。我信常生。阿門。」

而她也在祈禱。她的禱詞十分簡單，那就是：我信他會來。

第八章　面朝大海，春暖花開

一、樣板間

新世紀某一年，夏天，明翠參加了一個「看房團」，赴威海看房。那個地方，說是威海，其實離青島更近，叫乳山，從前，大概是一片荒涼的海灘，如今被開發了出來，建起了新樓盤，那樓盤的名字叫「望海小築」。

可能，是這個謙遜的名字，使明翠動了去看看它的念頭。還有它的廣告，廣告詞這樣寫：「面朝大海，春暖花開——來望海小築，從明天起，做一個幸福的人。」那是改頭換面的海子的詩。

明翠笑了，她想，海子做夢也想不到，他會用這種方式活著。

「望海小築」在那片海灘上占據了不錯的位置，樸素，低調，優雅，暗合著在青年時代喜歡海子、張愛玲、羅大佑和披頭四、還有梵谷的都市白領的品味，現房只有一小部分，大部分還是正在建設中的期房，沙盤上的社區，淹沒在一片花海之中，居售房小姐介紹，說那些花是櫻花。他們將在社區內種多少多少棵櫻花樹。已經種了一些，還遠遠不夠。

明翠不知道，這裡的氣候和土壤，能不能讓櫻花樹存活，但她不喜歡櫻花。櫻花的美過於虛無和壯烈，像三島由紀夫，她更喜歡草根和中國的桃花。她想起小壯小時候，一兩歲的時候，特別喜歡蔣大為，喜歡他唱的那首《在那桃花盛開的地方》，答錄機裡只要一放那首歌，他就歡天喜地，眉飛色舞，嘴裡「桃花、桃花」地跟著瞎唱。當然，現在他愛周杰倫、愛信、愛李宇春，而且堅決否認自己有過追捧蔣大為的歷史，好像那是段不良紀錄。

可是從此以後，明翠就特別喜歡桃花，桃花讓她快樂。

此刻，無論是桃花還是櫻花，還都在沙盤上，但大海在那裡，蔚藍，寧靜，豐饒。明翠不是第一次看見海，她到過北戴河，到過廣西北海，到過三亞，還到過峇里島。從前，小時候，沒見過海的時候，她是愛大海的，大概所有的孩子都嚮往海洋吧？但現在，此刻，她不敢說那個「愛」字。她是一個岸上的人，海對她有一種天然而博大的拒絕。她還是一個內心渴望平靜、缺乏想像力的人，她知道自己讀不懂海，可她仍然被海吸引著，渴望著「面朝大海」生活。她還知道，「面朝大海」對有些人而言，是一種人生的理想。

她站在樣板間落地飄窗前眺望著大海。隔著玻璃，海呈現出一種不可思議的靜謐的翠藍，一波一波海浪，從遙遠的天邊把浪花推向海岸，每一排浪花都朝著那個命定的方向歡快地赴死。她默默地站在窗邊，看了很久，這永恆不絕的赴死突然讓她十分感動，她想起了一個小說中的人物，飯沼勳，三島由紀夫《奔馬》中的主人公，這個叫阿勳的人，他的人生理想就是，在太陽升起的斷崖上，面對初生的紅日和閃耀著光亮的大海，在松樹下……自刃。他的理想，多麼像這些浪花，多麼像大自然中某些不可思議的祕密。

她還想起了別的——

售樓小姐在叫她了。

售樓小姐說，「范老師，你來看看這邊，這邊有一間陽光房。」

從主臥延伸出的「陽光房」，其實，是由陽臺演變而來，如今它被設計成了日式的榻榻米，上面擺了蒲團和精緻的古色古香的茶具。書房也在向陽的一側，面朝大海。書櫃占據了一面牆壁，裡面象徵性地擺了一些雜誌和書。來樣板間看房子的人，大概沒幾個人會去注意那是一些什麼書，但是明翠出於職業的習慣忍不住打開書櫃翻了翻那些擺樣子的書籍。如她所料，雜誌是一些時尚類生活類的東西，《嘉人》啦、《時尚芭莎》啦，等等，而書卻顯得蕪雜，除了幾本當紅的流行讀物之外，居然也有幾本很文藝的書，《卡拉馬佐夫兄弟》、《小團圓》、艾略特的《荒原》、里爾克詩選、《海子的詩》，還有一本……《死於青春》。

明翠一震。她從書櫃裡抽出了這本薄薄的小書。

「這，它——它怎麼會在這裡？」她有些結巴地問。

「哦——」售樓小姐笑了，「聽說那是我們老闆的書，我們老闆寫的，他以前是個詩人呢——」

「老闆？什麼老闆？」

「開發商啊，望海小築的開發商。」

書「啪」地掉到了明翠腳下。

冤家路窄，她想。真是冤家路窄啊。

她忿忿地轉身走出了樣板間。等電梯的時候，售樓小姐追了出來。這一路上，小姐和他們每一個人都已經很熟，她的爽快和熱情頗讓售樓小姐喜歡。此刻，小姐又詫異又驚慌地問道，

「范老師，是我說錯什麼話了嗎？您不再看看了嗎？您如果不滿意的話，還有其它戶型……」

她努力使自己鎮定下來，她回答說，「姑娘，你能給我帶句話嗎？給這個開發商老闆帶句話？我不管你通過什麼途徑，請你告訴他，這輩子，我就是露宿街頭，也不會花錢買他蓋的房子！我就是把錢當紙錢燒了，也不會讓他賺我一分錢！你告訴他，這樓盤讓人噁心，我祝福他一間也賣不出去，我祝福他破產！請你務必把這話轉告他！——」話音未落，電梯門開了，她莊嚴地走進去，把驚愕萬分的售樓小姐留在了電梯外。

二十年了，二十年了，二十年了……明翠想，小船離開人世，二十多年了啊！

她來在了沙灘上，她沿著海邊走，走，浪花撲上來，沒住她的腳踝，又退下去，再撲上來，再退下，前仆後繼。她好想這個孩子。她看見這個浪花般的孩子一路奔跑著撲向他不懂得的死亡。他不是阿動，死不是他的理想，可是他死了。

海面上飛翔著海鷗，那是小船不認識的鳥。他沒有機會認識海鳥。也許小船會指著牠們高興地說道，「呀，嘎——子！」明翠哭了，她恨不能讓孩子長大的那一切。

二、趙善明的娜塔莎

上世紀九十年代初葉，莽河來到了俄羅斯。那是初秋季節，他乘火車穿越了西伯利亞，在莫斯科下車。當他的腳踩在了俄羅斯大地，他想起了葉賽寧的一句詩：「我告別了我出生時的老屋子，離開了天藍色的俄羅斯……」那一刻他感慨萬千，和國際列車卸下的那些同胞們一樣，他是作為一個淘金者而來，不是作為一個朝聖者，一個詩人。他來這片廣袤的大地是為了尋找機會。

從踏上俄羅斯土地的那一刻，他不再是莽河，他恢復了他的本名：趙善明。

這是他對這片土地最起碼的尊敬。

他經歷了一段極其痛苦的日子，葉柔的死，還有接下來生活和時代的巨變，突然之間，身邊的朋友們拋棄了詩，大家的話題變成了「下海」。認識和不認識的許許多多人，都脫鞋下海了。詩變得無足輕重，甚至，尷尬。詩所象徵的那一切幾乎是灰飛煙滅。每個人都有自己下海的動力和理由，他也有，那就是，為了麻木自己，擺脫痛苦。

他想念葉柔。非常想。

他和兩個朋友結伴來到了莫斯科，做貿易。漸漸地他發現，原來，他居然有做生意的稟賦，原來他生來就不是一個詩人。他當初對自己的擔心，擔心他會無力抗拒生活的侵蝕，看來並非空穴來風啊。他一邊在心裡譴責著自己對詩的背叛，一邊野心勃勃地、抑制不住地把生意往大裡做。很快地，他們有了自己的公司，起初，那公司規模很小，除了他們三個合夥人，連一個打雜的都沒有，於是，他們就給這小小的公司起了一個揶揄的卻也是壯膽的名字：三劍客。那是他的生活中存留的最後一點浪漫的文藝氣息。

麵包會有的，牛奶會有的。

幾年後，三劍客在香港成功上市。又幾年，他們在一個最好的時機，殺回了國內房地產這片正在開發的處女地。

當他們的公司還真正只是「三劍客」的時候，這個冬天，莫斯科下了一場接一場的大雪，那是莽河——趙善明所沒有經歷過的嚴寒，比想像中的還要冷。這讓他常常想起一本前蘇聯小說的名字《多雪的冬天》，有一種憂傷撲面而來。但他告誡自己，一個商人不能總是多愁善感。

俄羅斯的冬天，白晝很短，夜晚那麼漫長。他現在覺得自己有些理解了俄羅斯詩歌和小說中那種沉鬱的基色。但對於一個正在打拚的商人來講，他活在另一個俄羅斯，紛亂，莫測，生氣勃勃，充滿機會。在這樣的俄羅斯，商人是沒工夫睡覺的，儘管它有著最長的黑夜。三劍客的紀錄，是曾經七十二小時沒闔過眼。第四天，趙去沖澡，結果在澡盆裡睡著了。

儘管那是他第一個異國他鄉的冬季，離家萬里的冬季，可他沒時間思鄉。

有一天，他獨自去見一個客戶，那是一單大生意，卻沒有成功。從地鐵裡走出來，雪停了，馬路上積雪很厚。那是一條比較僻靜的街道，掃雪車沒有抵達的街道，一個老婦人正在橫穿馬路，她走的很慢，很艱難，腿腳一跛一滑。突然之間，這個在雪地上艱難行走的老人，讓他心底一軟，鄉愁剎那間滾滾而來。他愣了片刻，突然跑過去扶住了那個老人。老人抬頭看了看他的臉，陌生的異國的臉，突然之間抬起雙手，摸了摸他快凍僵的臉頰，然後信任地抓住了他的一隻手。老人的手，戴了厚厚的大手套，像熊掌。這個溫暖的動作，差點兒讓他落淚。他們就這樣手握著手慢慢穿過人行橫道，來到便道上。他仍舊沒有鬆開老人，老人也沒有鬆開他，他們咯吱咯吱踩著積雪走在一條他叫不出名字的莫斯科街巷，那和他要去的地方，是南轅北轍。

那條路並不長。老人到家了。

他的很爛的俄語，還是能勉強聽懂老人的話。老人邊比畫邊指著路旁的一座樓房說，她就住在這裡。接下來，老人突然衝著他狡黠地一笑，用他完全聽得懂的語言，他血液裡的語言，漢語，說道，「年輕人，願不願意進去和我一起喝杯茶？」

他愣住了。一時間彷彿不相信自己的耳朵，「您——您會說中文？」

老人笑得很開心，「怎麼，不願意接受一個老人的邀請嗎？」

「我願意，」他笑了，一瞬間他覺得自己的眼眶有些濕潤，「我太願意了！」

那是座舊樓房。以他的眼睛，還分辨不出它是什麼時期的建築，他揣測那應該是舊俄時代的產物。沒有電梯，但樓梯很寬闊，鐵藝的欄杆鑄出橄欖枝的花樣。前廳不大，但卻有著高高的拱頂。她的房間在二層，大概是因為朝向的緣故，顯得陰冷、幽暗。一只闊大的壁爐黑沉沉的，沒有火光，像洞穴的入口。家具和這座建築一樣，也是舊時代的，有一種凝重的時間感和華麗的破敗。他仍舊不知道它們屬於什麼樣式，經歷了多少歲月，卻讓人在它們面前不由自主地收斂了輕薄的姿態。此刻，窗外的雪光微微映照著它們，那種幽光彷彿時間的光芒。老人打開了暖器，一邊脫大衣一邊對他說道，「請坐，年輕人，我這就去燒開水。」

他在一把蒙著緞面的椅子上坐下了，那緞面早已褪盡了顏色，曾經活色生香的花紋也磨損的完全看不出從前的面孔。他一邊追隨著老人忙碌的身影一邊抑制不住他的好奇，

「您中文說的真好，您在哪兒學的中文？」

「在中國，」老人回答，「我在中國生活了十五年。」

「上帝！」他驚叫一聲。

茶炊備好了，他們圍桌而坐，熱騰騰的紅茶裡加了煮好的牛奶，茶香混合著奶香，頓時使屋子裡有了暖意。「正山小種。」老人舉著茶杯對他溫暖地笑著，那手嚴重變形，是類風濕關節炎的手。那也是他這個茶盲第一次聽說了「正山小種」的名字。

他想他知道為什麼老人會邀請一個萍水相逢的路人來家裡喝茶了。有一個故事在等著他。老人一邊啜著熱茶一邊慢慢地講，大概是長久不說中文的緣故，她的中文到底有些磕磕絆絆，偶爾還會像唱歌一樣冒調，可那又有什麼關係？原來，五十年代初葉，中蘇熱戀的時期，一個年輕的中國工程師來莫斯科進修，他們派剛剛大學畢業的姑娘做他的助手。他的俄文名字叫阿遼沙，兩年後，阿遼沙回到祖國時，姑娘和他一起回來了，因為，姑娘已經是阿遼沙的妻子。

「阿遼沙很英俊，眼睛明亮，愛唱歌，」老人眼睛越過茶杯望向窗外的皚皚白雪，那大概就是她愛上他的原因吧，如此單純的原因，卻能使一個姑娘去國離鄉。後來，中蘇交惡了，再後來，珍寶島打仗了，他們的處境變得很糟，阿遼沙說，我們分手吧，你帶著孩子們走吧。她走了。帶走了三個孩子，那時，她的小女兒才剛剛三歲。

「後來呢？」他忍不住這麼問。

「阿遼沙自殺了。」老人安靜地回答。

暖器始終沒有把這間幽暗的房間暖熱，窗外，天色暗淡下來，黃昏就要到了。俄羅斯冬天的黃昏，短暫的就像是一聲嘆息。他突然想起了葉柔，想起很久以前，他們一路同行穿越了多少別人的人生……他無言地望著老人，老人朝他微笑。

門就在這時被打開了。

「怎麼不開燈媽媽？」

光明照亮了房間，是電燈的光，也是她的。那就是他第一次見到娜塔莎，混血的娜塔莎，和那個托爾斯泰的娜塔莎同名，和安德列的娜塔莎同名。她站在門口，身穿一件大紅的羽絨衣，暖洋洋的，一看就是「中國製造」。頓時，房間裡溫暖了，亮堂了，後來，無數的時刻，他都很好奇，不知道這個看上去並不龐大的女人，為什麼她一出現，房間裡就會顯得擁擠。她與生俱來地有一種光芒和喧騰的活力，如果她盛開，每一片花瓣都會發出劈劈啪啪歡天喜地的聲響。

她瞪大眼睛望著這個不速之客，突然露出驚喜的表情，「噢！媽媽，這個漂亮的中國小夥子哪裡來的？你變出來的嗎？」她用俄語高興地叫著。

老人又露出了那種狡黠的微笑，「不是，」她用漢語回答，「是從街上撿來的。」

於是，他明白了，為什麼在冰天雪地的異鄉的街頭，一個陌生的老人會無端喚起他的滾滾鄉愁，原來，是為了一個相遇，為了趙善明和娜塔莎相遇。有了娜塔莎，背井離鄉、和俄羅斯一起掙扎的趙善明才會從莽河的軀殼中脫胎換骨，才會在精神上告別葉柔那朵幽微的、纖麗安靜的花。

娜塔莎是「三劍客」公司的第一個雇員。後來，她就成了趙善明的妻子。

三、重逢

九十年代第一個初春，陰曆三月裡的一天，洪景天出差來到了莽河的城市，他到達這裡的當晚，給莽河的家裡撥打了一個電話，沒想到莽河真的在家。半小時後，他們就在洪景天下榻的賓館大堂見面了。

這是出事後，他們第一次見面。

莽河從旋轉的玻璃門走進來，洪景天迎著他站起來，他們彼此都愣了片刻。然後，莽河走上前，默默地，摟住了洪景天。一剎那，洪景天熱淚滿盈。

這是一個沒有了葉柔的世界了。

莽河說，「走，回家！」

他的家，在一所舊舊的樓房裡，老式的格局，兩居室，沒有廳堂，但向陽的房間很大，除了書別無長物。說起來，在上世紀九十年代，一個獨身男人擁有這樣的空間已經算是奢侈的事情了，只不過，這房間雜亂不堪，有一種掩蓋不住的淒清和心不在焉。茶几上，醒目地戳著一瓶喝了一半的白酒，是玻璃瓶的老白汾，酒精含量高達六十度的。菸灰缸裡菸頭幾乎溢出來，是那種很衝很烈的「駱駝」。莽河笑著說道，「我這兒有好酒，咱們邊喝邊聊，醉了就住下，不回賓館了！喝什麼？茅臺五糧液，瀘州老窖，還有洋酒——」

「老白汾。」洪景天笑著打斷了他，「六十度的。」

他們都笑了。笑他們自己口味的頑固。

莽河從廚房取出兩只玻璃水杯，一碟油炸花生米，幾只剖成兩半的鹹鴨蛋，圓圓的蛋黃如同夕陽一樣有種詩意的醒目。他把茶几上那半瓶白酒一分為二咕咚咕咚倒進兩只杯子裡，又從書櫃邊一只紙箱裡順手拎出同樣的一瓶，說道，「放心，還有呢。現在這種度數的酒已經不生產了，這是我從杏花村酒廠買來的存貨。」

他們舉起水杯，「砰」地一聲，碰出細碎而清澈的響聲，一口下去，就像一條火蛇在食道裡蜿蜒。血管頓時賁張了，他們眼睛亮起來，不大工夫，玻璃杯差不多就見了底。莽河放下酒杯，沉思地望著對面的洪景天，忽然說了一句，

「兄弟，真想你——」

一句話，又險些勾出洪景天的眼淚。

他以為，這個萍水相逢的人很可能已經忘記他了。這個人他生活在熱鬧的名利場，大小

是個名人。儘管洪景天知道他的通訊位址，後來又拐彎抹角得到了他的電話，可是，他從沒有打擾過他。克制自己不去打擾莽河對洪景天來說，是一件尊嚴的事。但此刻，一句「兄弟，真想你——」讓他突然心痛難抑。他心痛命運對這個男人殘酷的掠奪和傷害。

「哥，」他聲音嘶啞地舉起了玻璃杯，「我敬你——」可他不知道該敬什麼，只得一飲而盡。

「又在一起喝酒了，」莽河也端起了杯子，「真像做夢，」他笑笑，「咱們五年沒見了吧？」

「哥——」

「最後一次在一起喝酒的時候，是三個人，葉柔還在。」他安靜地說。突然之間淚水溢滿了他的眼睛。

五年來，這是他第一次對人說出「葉柔」這個黑暗和親愛的名字，永逝不返的名字。世上也只有這個叫洪景天的人，見證過那些幸福的永逝不返的時刻。滅頂的災難太強大太真實了，洶湧地霸道地塗黑了一切，而此刻，這個使者般的來人攜來了光，照出了被黑暗吞沒的一些珍貴的東西，拯救的東西。

「洪景天，你怎麼樣，過得好嗎？」許久，莽河回過神來問道。

「就那樣吧。」洪景天回答。

「對了，好像聽誰說，你調到某縣了，當了什麼局的局長，是不是？」

「副的。」

「恭喜你啊。」

「哥，我和你不一樣。」洪景天望著莽河回答，「我是一個平常人，我的人生，假如不出意外的話，應該是一眼就可以看到終點的人生。路上的風景，是大多數人眼裡都會看到的平凡的風景，我沒有那種化平凡為神奇的才能，我不是詩人，我只是一個平常的愛詩的人。哥，你是莽河，我不是，我們不一樣。」

「我們一樣，」莽河回答，「真正的詩人臥軌自殺了，詩的時代結束了。剩下我們，只有借酒澆愁。」說完，他用牙齒熟練地咬開了那瓶新酒的瓶蓋。咕咚咕咚咕咚，把自己面前的玻璃杯和洪景天面前的杯子都倒滿了。

「哥，你這麼喝酒，不行啊。」洪景天難過地望著他說。

他端起杯子，獨自吞下一大口，杯子頓時空了三分之一，他握著玻璃杯，眼睛像野貓的眼睛一樣亮得十分怪異，他望著洪景天，突然說道，

「洪景天，去俄羅斯吧！」

洪景天沒有聽明白。

「哥，你說什麼？」

「去俄羅斯，和我一塊兒去俄羅斯，俄——羅——斯——」莽河口齒不清地回答。

洪景天愣住了。

「一眼可以看到終點的人生，太、太沒勁了！兄弟，我想當一回上帝，拯救你一把，給我這個機會，咱們一塊兒去俄羅斯——那兒埋葬著普希金……」

於是，洪景天的命運就這樣被一個醉酒的人改變了。

第九章　兄弟

一、你不可改變我

洪景天的決定，讓一家人、讓一城的人震驚。在那個小城裡，一個已經坐到副局長位置的人突然放棄仕途「下海」，而且是到俄羅斯那麼遙遠的地方去做「二道販子」，那只能說這個人瘋了。

洪景天的父母，都是農民，他們能夠供出洪景天這樣一個兒子很是驕傲。洪景天太知道這個，所以他猶豫不決。那些日子裡他幾乎天天失眠，早晨起來，枕巾上落一層頭髮。他煎熬著自己：走，還是不走，這是個問題。

他不是個異想天開浪漫的人，他也不是自私和不負責任的人。他一點不想讓年邁的父母傷心和擔驚受怕，他知道自己是這個農耕家庭的光榮與希望。那些靜靜的不眠的長夜裡，他一遍一遍拷問著自己，自問自答，他說，

「洪景天，你不能忍受平常的、平凡的生活嗎？」

「不是。」

「你不能過大多數人過的日子嗎？」

「不是。」

「你有資格玩瀟灑嗎？」

「沒有。」

「你骨子裡愛冒險嗎？」

「不愛。」

「你想發財想瘋了嗎？」

「不是。」

「你特別愛錢嗎？」

「不比大多數人更愛。」

「那你為什麼要受誘惑呢？」

「……」

是啊，為什麼要受誘惑呢？既然沒有任何理由改變眼下的生活，那他為什麼抗拒不了這誘惑？不錯，他抗拒不了，沒有任何理由，就是無法抗拒。無法抗拒一個人的請求，無法抗拒一個被生活深深傷害過、掠奪過的朋友的請求。只要一想起他咕咚咕咚朝玻璃杯裡倒酒的樣子，他發抖的手顫顫巍巍端著酒杯的樣子，他就心痛。「兄弟，我想當一回上帝，拯救你一把，給我這個機會……」他願意給他這個機會，願意讓這個在痛苦中沉淪了數年的人，在他想站起來的那個命運的時刻，給他這個機會：和他站在一起。

沒有別的理由。

也許，他們都不是詩人，可他們是愛詩的人。如同信仰。所以，他們是兄弟。

其實，酒醒後，莽河自己也感到了那個請求的荒謬，他知道那是毫不現實的事情。怎麼可能呢？這世上沒有什麼人可以豁出前程豁出身家性命陪你玩的。所以，當洪景天真的站在他面前，對他說，決定和他一起去俄羅斯的時候，他簡直不相信自己的耳朵。

「你，你不是開玩笑吧兄弟？」他懷疑地問。

「你說得對，哥，一眼可以看到終點的人生，太沒勁了。」洪景天笑著回答。

「可是，可是，」他幾乎結巴起來，「那終點是安全的，是多少人想擁有的呀。你和我不一樣，我本來就是無業遊民，可你，你已經走在仕途上了。」

「副科級。」他回答，「套從前的官階品級，大概是十一品。」

莽河望著他，漸漸有了真實感，他明白，有一件重要的事情發生了。

「洪景天，你真想好了？」他口氣變得嚴肅。

「想好了。」他回答。

他們彼此凝望著對方，望得很深，那已經不是眼睛可以抵達的深處。也許他們心裡起著狂濤，可臉上卻什麼也看不出來。

「為什麼？」

他笑了，聽出了那弦外之音。

「我也想知道為什麼，」他這樣回答，「大概你跟我說俄羅斯那天是個滿月的日子吧，滿月的日子我通常都會衝動，這是自然的屬性——你忘了，洪景天是植物。」

莽河知道那是玩笑話，不過，事後，他仍然在努力回憶那天晚上的月亮，回憶它的形狀。那天晚上，他根本就沒有抬頭望一眼天空，他甚至都不能確定那天晚上到底有沒有月亮。不管有還是沒有，他都要謝謝它，謝謝它對人間永恆的成全。

但是也有破裂。

洪景天調到某縣的時候，認識了縣中學的一個語文教師，他們是在一次講座中彼此相識的。那天，縣文聯請洪景天給縣裡的文學青年講座，說是講座，其實說是座談更合適一些。會議室裡，大家圍桌而坐，女教師就坐在洪景天正對面，她有一雙好看的細長的鳳眼。那雙眼睛不知為什麼讓洪景天有些心亂。

講座結束後，女教師捧著一摞雜誌來到他面前，請他簽名。那上面有他數年來發表的詩作。天南地北的雜誌，在他們這個偏遠的小城，一本一本收集起來，不是一件很容易的事。洪景天翻動著它們，心裡溫暖而感動。

後來他們就約會了。

女教師高小暖畢業於本省一所師專，和洪景天一樣，家也在農村，獨自一人住在學校宿舍裡。星期天，他們就在女教師的宿舍裡做東西吃。校園空曠遼闊，面對著起伏的山巒，一排一排青磚平房，有著相同的外貌和表情。唯有高小暖那一間，門前，開出一畦花圃，裡面，種著各色的菊花還有一些在夏天開花的花草。花下，是一截不知她叫人從哪裡挪來的枯樹樁，渾然天成的做了乘涼的小桌。他們就坐在那樹樁旁，一人一只小板凳，聊天、喝茶、吃晚飯。

她會熬很香的小米粥、和子飯，會炒脆脆的尖椒土豆絲，會拌非常入味的涼菜。她把這些東西一樣一樣端到小桌上，說道，「雞鴨魚肉那些富貴東西，我一樣也不會，只會這些農家粗菜。」他回答說，「我的胃說了，它出身貧賤，服不住富貴，就喜歡這樣的粗菜，吃一輩子也不厭煩。」

「真的？」高小暖望著他，「是真話？」

「小暖，」他回答，「我想一輩子吃你做的飯……」

事情就這樣定下來了，一生的盟約就這樣定下來了。如水的盟約，平淡、卻長流不息。

他們也都拜見過了雙方的父母，除了洪景天的母親覺得小暖有點苦相之外，其他都是滿意的。特別是小暖的父母，覺得這個未來的乘龍快婿人忠厚卻又前程遠大。然而，事情就是在這時起了戲劇性的變化：他遇到了莽河。

從莽河的城市回來後，有一天，他們約會。校園外面有一大片莊稼地，穿過剛剛春耕後的農田，可以爬上有著荒頹的古長城遺跡的山坡。平時，天氣好的日子裡，他們喜歡在這裡俯瞰腳下的小城。這是他們唯一浪漫的地方：他們愛這氣味，荒涼的歷史的氣味。這讓他們感到了血液的寂靜。

春天的太陽照耀著他們。小暖不說話，她察覺到了洪景天有心事。

「小暖，」終於，洪景天開口說話了，「我們去扯結婚證行嗎？」

「行。」小暖點點頭。

「扯了結婚證，你能等我兩年嗎？」洪景天說。

「為什麼？」小暖問。

於是，他說了。說了一切，關於下海，關於俄羅斯。還有，莽河和葉柔。在他的講述中，小暖的臉，愈來愈白，愈來愈白，他嗅到了穿透她身體和皮膚的不祥的氣味。他住了口。

小暖說話了。小暖說，「你不是想吃我做的飯嗎？洪景天，想吃一輩子？」

「對。」洪景天回答。

「可這才幾天啊，你那個貧賤的胃就想要吃俄羅斯的土豆燒牛肉了！還有什麼？羅宋湯？烤鱈魚？奶油蘑菇？對不對？洪景天，你那個胃可真虛偽！」她刻薄地這麼說。

「小暖——」

「現在我知道了，在你心裡，這世界上最重要的那個人不是我，你可以為了你的兄弟你的朋友捨棄你自己的人生，你可以為他們放棄前程，為他們捨棄親人！如果我讓你為我捨棄他們呢？你幹不幹？洪景天，假如我說，我和俄羅斯，有我沒它，有它沒我，你要哪個？」她悲憤地、傷心地望著他，其實早已知道了那答案。

「我都要！」他回答。

「哈——」她笑了，眼淚慢慢沿著她的臉頰流下來，「可我不要！」說完，她向山下跑去。

他沒有追，沒有喊，可是他的心很疼。

二、請為我做證

起初，他們其實就是幾個二道販子，把「中國製造」的羽絨衣、皮鞋、小家電之類販到俄羅斯去，把俄羅斯的皮貨、木頭套娃、銅雕畫販到國內來。什麼掙錢販什麼。不過他們堅持著一個底線，那就是，不為暴利而販假貨。

那幾年，他們認識了形形色色的商人，大到販軍艦，小到賣清涼油，身材挺拔如同芭蕾演員的女人，原來是專在國境線上販買貓狗寵物的，看上去十分紳士和貴族氣的男人，卻有可能販賣的是最見不得人的東西。

到處是亞洲人的臉。黃皮膚，黑眼睛，可千萬別以為這樣的面孔都是來自中國，也許，你迎頭撞上的，是一個前越南游擊隊員，身上還嵌著美國佬的子彈，或者，是馬共前領導人的親戚，還有可能是一個柬埔寨難民。

這是一片正在被開墾的處女地。

後來，註冊了「三劍客」。他們三個人，莽河、洪景天，曾經是詩人，而另一個合夥人老蘇，則是一個畫家。莽河戲稱說，他們都是「遺民」，文化遺民。

老蘇畫油畫，有好些年，一會兒模仿梵谷，一會兒模仿夏卡爾，就是找不到自己，很痛苦。現在，他用不著找自己了，他乾脆把畫筆扔了。

最初，他們三個人合租了一套公寓房子，一人一間，共用廚房衛生間。沒有廳，但廚房很寬敞，於是就兼做了他們的起坐間和餐廳。但事實上他們很少在廚房裡做飯吃飯，他們要麼是沒有做飯吃飯的時間，要麼是沒有做飯吃飯的錢。一塊黑麥「列巴」一包四川榨菜或者一條酸黃瓜對付一天甚至幾天是常有的事。公司最初的註冊地址，也是在這裡。白天，為了掩人耳目，他們要把所有的寢具之類的東西都堆到一間最小的房間裡，把其餘兩間布置成辦公室的模樣。他們請房東來拉走了床，這樣，晚上他們就只能睡沙發了。廚房被他們當作了接待室「洽談區」，雖然沒有茶炊，卻有一只摩卡咖啡壺，幾只咖啡杯，後來還添置了一套功夫茶具。他們發現，圍坐在一張家常氣的餐桌邊談生意比較容易使對手放鬆警惕，不那麼劍拔弩張。

那是在公司成立後不久的一天，洪景天一早就請假出門了。他耐心地排了好幾支長長的隊伍，一支是賣番茄和馬鈴薯、一支是賣新鮮的雞蛋，一支是賣冷凍的豬肉。當然，伏特加和啤酒自然也是少不了的，除此而外，他還買了最重要的一樣東西。這大肆的購買花光了他身上所有的錢。回到住地，他一個人占用了廚房，在裡面又洗又做。那天，老蘇和莽河兩個人很忙，兩個人各有一單業務需要處理，他們在外面跑了一下午，傍晚，天黑盡的時候，他們回來了，一進門，紅燒肉的香氣就像蟲一樣襲擊了他們，頓時，綿綿鄉愁從他們的胃底氤氳而起。那是久違的家鄉的香氣。

廚房裡燈光明亮。

燈光照亮的餐桌，是一幅繽紛的圖畫。上面，紅紅綠綠，擺著這樣一些菜餚：番茄雞蛋打滷、荸薺紅燒肉、爆炒土豆絲、粉絲拌酸黃瓜。酒瓶林立著，啤酒、紅酒、還有必不可少的伏特加，最醒目的，是這一切之中，是這一切烘托著、簇擁著的那只蛋糕，那只不算很大，但香豔如美人的奶油蛋糕，上面插著四枝還沒點燃的蠟燭。老蘇和莽河，驚呆了，他們你看我，我看你，然後一塊兒看洪景天，

「怎麼回事？誰過生日？」

但是一剎那間莽河明白過來，他「啪」地一拍腦門，說道，「今天幾號？三月十八？操，真是忙糊塗了！」

老蘇望著他，「你的生日？你雙魚座？」

「要是三月十八，那就是我的生日，」莽河回答，「嗨，過什麼生日，現在最怕的就是過生日了，覺得時間就像在飛。」

「你今年三十九週歲，按咱們中國的演算法，那你就是四十歲了。四十歲也算是一個整生日，長壽麵總要吃一碗的吧？取個吉利。」洪景天回答。

他們都看到了那麵，手擀麵，長長的，盤在兩只大盤子裡，切的粗細不勻，很笨拙，但誰能說那不是麵條呢？望著那笨拙的切面，莽河覺得自己眼睛一熱。

「好！」老蘇在一旁也接茬了，「蛋糕也是要吃一塊的，咱們中西合璧！」

許多天來，廚房終於有了一個廚房的模樣，充溢著熱飯熱菜的香氣，酒水的香氣，還有，他們的笑語。生日蠟燭點上了，以一當十，雖然他們誰也不真信那說法，可燭光搖搖曳曳，夜晚就有了一種迷人的魅惑。他們都捨不得馬上吹熄它，戀戀地看著它在眼前跳舞。後來莽河大聲許願說，「保佑我們三劍客發大財——」他們都笑了，老蘇一拳打過去，說，「說出聲就不靈了！」

他們不說別的，只說發財。

麵條煮好了，一人一大碗，番茄滷澆在上面，再拌上辣椒土豆絲，那就是他們熟知的北方的味道。他們呼嚕呼嚕地吞著，老蘇說，「可惜沒有醋，要是再澆上一點山西老陳醋，那就完美了。」

莽河慨嘆道，「得隴望蜀，人心沒盡哪！」

老蘇回答說，「所以，人才披荊斬棘地朝前走啊。」他邊說邊舉起了伏特加酒杯，

「來，走一個，借你剛才的吉言，祝咱們發財，『生意興隆通四海，財源茂盛達三江』！」

他們三個乾了。

「我第一次看到這幅對聯，是在長江邊上，」老蘇放下酒杯，突然這麼說，「八一年，我念大四，學校組織我們去黃山寫生，那天我們的汽車在一個叫『欲溪口』的地方等輪渡，對面就是蕪湖。那是我第一次看見長江，非常激動，我站在江邊，拿出速寫本就畫，江水湧上來打濕了我的球鞋……江邊有一家很小的小店，賣油炸臭豆腐，我們好多同學都跑去買臭豆腐吃。那小店，舊舊的一扇門板，上面的對聯褪了顏色，字跡也歪歪斜斜，寫的就是『生意興隆通四海，財源茂盛達三江』，口氣好大！可不知為什麼那江邊小店讓我覺得很感動……」

「我也見過這樣一家小店，」莽河突然也開口了，「是在陝北，陝北米脂，出美人的地方，那小店賣米酒、驢板腸，門上也貼著這樣一幅氣吞山河的對聯，」他笑了，「我就是在這家小店裡碰到了葉柔……」

他眼睛望向了窗外，看到了燈火，莫斯科的燈火，「那年我三十一歲。」他輕輕說。

一時間，他們都沉默了。

「洪景天，你說，四十歲有什麼可慶祝的？我現在這個樣子，有什麼可以慶祝的？能找出個理由來嗎？」他眼望著窗外這麼說。

「能，」老蘇回答了，「四十歲的年紀，二十歲的勇敢和莽撞，熱愛自由，我覺得咱們很了不起。」

他們笑了。

「然後呢？」莽河問。

「當然是掙錢，掙很多很多的錢，多的數不過來。」

「要那麼多錢，幹什麼？」洪景天突然這麼問。

老蘇笑了，他吃了一塊紅燒肉，又大大地喝了一口伏特加，「你這個人哪，哪都好，就是胸無大志，掙錢幹什麼？當然是實現自己的理想了！知道我的理想是什麼嗎？」他望著這兩個同甘共苦的兄弟，「有一天，假如我有了很多很多的錢，我就自己蓋一個大大的房子，廟堂一樣宏偉的大房子，然後，我就在它所有的牆壁上畫壁畫，在所有的天花板上，畫天庭畫。我想畫什麼就畫什麼，我要像米開朗基羅一樣，畫到得嚴重的頸椎病，一年的時間只會仰著脖子走路，我要像高更一樣把自己畫成瘋子……」他突然說不下去了，眼睛裡一下子閃爍出淚光。

「老蘇，」沉默了片刻，洪景天忽然說話了，「到時候，你要在你的廟堂裡，替我畫一幅畫，行嗎？」

「行啊，說吧，畫什麼？」老蘇迅速抹了一把自己的臉。

「海子。」他回答。

「什麼?」老蘇一時沒有聽明白。

「海子。詩人海子。」他望著老蘇,好像他們此刻就在那個可供他們自由揮灑的廟堂裡似的,「把海子畫成壁畫,一定非常棒……」他嚮往地說,一邊端起滿滿一杯伏特加,一口飲乾了,眼睛裡頓時有了酒意。

「沒問題,我拿出一個大廳來,全畫海子,連天庭算上——就叫海子廳,」老蘇慷慨地說,「不過,畫什麼呢?我沒有怎麼讀過海子的詩,老實說吧,一首也沒讀過。」他無辜地聳聳肩。

「你可以畫麥地,」洪景天回答,又喝下一杯伏特加去,一低頭,沉思一下,然後開始滔滔地背誦:

「麥地

別人看見你

覺得你溫暖,美麗

我則站在你痛苦質問的中心

被你灼傷

我站在太陽　痛苦的芒上

……」

「你也可以畫大海，」莽河也插了進來，他也乾下一杯酒，開始背誦：

「從明天起，做一個幸福的人
餵馬，劈柴，周遊世界
從明天起，關心糧食和蔬菜
我有一所房子，面朝大海，春暖花開

……」

「天庭你可以畫春天和死亡，」洪景天說，他望著莽河背誦出海子的絕筆：

「在春天，野蠻而悲傷的海子
就剩下這一個，最後一個
這是一個黑夜的孩子，沉浸於冬天，傾心死亡

不能自拔，熱愛著空虛而寒冷的鄉村

……」

他們就這樣借著酒力，你一首，我一首，滔滔地背誦著，《亞洲銅》、《阿爾的太陽》……到後來，背誦的就只有洪景天一個人了，他背《東方的山脈》、背《門》、背《菸葉》、背《念小城》，那是海子早期的、不那麼被人熟知的作品。他背幾首，喝一杯酒，詩和伏特加，像神光一樣照亮了他的眼睛，也照亮了他的眷戀和憂傷，還有，他心底深處最柔軟的那個地方。莽河驚訝地、百感交集地望著他，原來，他還是那個狂風怒吼的塞外小鎮上的文藝青年，那個至死愛詩的人……至死愛詩，那是他的死穴，無可救藥，就如同HIV陽性，感染了就將伴隨他一生。外面，是莫斯科的夜空，是莫斯科的萬家燈火，是除了雪毫無柔軟之處的冷硬的世界，可他卻用這麼柔軟的東西來抵禦寒冷。

「天哪！」老蘇叫起來，「足夠我畫的了——」

他住了口，三個人，你看我，我看你，突然哈哈大笑。

「來，走一個！」

他們碰地碰出了清冽的聲響。

莽河望著他們，準確地說，是趙善明望著他們，望著洪景天，突然說道，「交給我吧，」他不笑了，「我會給你們一個這樣的殿堂，我會蓋一個這樣的殿堂，」他把頭轉向了窗外，「莫斯科，你要為我做證……」

洪景天沒有說話，可他心裡說了，他說，哥，我不要殿堂，我要那個叫做「莽河」的詩人回來。

我愛他。

三、海盜船

莫斯科偏愛趙善明，可能是這樣。

短短兩年時間，三劍客就如同雨後春筍般成長壯大，也許是因為娜塔莎，她給他們帶來了好運氣。也帶來了歡樂。

他們租了真正的寫字樓，做了公司的辦公處，兩間大大的明亮的房間，向陽，再也不需要在每個早晨匆匆藏起他們的寢具。三個人，也各自有了新的住處。那是離公司不遠的一座公寓樓，地段很好，鬧中取靜，樓是舊建築，不知道屬於什麼時代，從外表看有一種沒落但尊嚴的貴族氣。但裡面的設施都換成了新的，實用而寧靜。

甚至有新電梯。

但洪景天更喜歡走樓梯，他愛它旋轉的樣式，微妙的角度，大理石的階梯和橡木的扶手。也許不是橡木，他並不怎麼認識木頭，他只是喜歡「橡木」這個詞在俄語裡的發音，於是，就叫它椽木了。走在這樣的樓梯上，他覺得，就像走在老時光裡。而真正的天光或者日光，會從每一層的窗子裡照射進來，那些窗子上鑲著彩色的玻璃，它們似乎過濾掉了一些尖利的東西。

三個人的房間，都在頂層。

經常會在樓道裡，碰到娜塔莎。她常常出現在趙善明的房間，他們是一對熱戀的情人了。聰慧的娜塔莎，如今已經能說不錯的漢語，這樣，她不僅可以擔任公司的業務翻譯，也同時兼做起了他們幾個人的俄語老師。又一個冬天到來的時候，她給他們三個人一人織了一雙羊毛手套，厚厚的柔軟的羊毛，不同的底色，相同的圖案，手背上兩把交叉的古典佩劍——那是劍客的標誌。

三劍客。

她還和媽媽學會了用烤箱烤蛋糕，烤麵包。這樣，趙善明的房間裡有時就會飄散出新鮮蛋糕的濃香。這樣的時刻，是他們的節日，四個人，圍桌而坐，一壺「正山小種」，或是一壺香噴噴的咖啡，一只新鮮出爐的蛋糕，上面點綴著迷迭香或是薄荷葉。她俯身用餐刀給他們分蛋糕，豐碩的大胸脯水波蕩漾地跳蕩著，生命的活力似乎在她週身每一個毛孔中喊叫。她們是多麼不同啊，洪景天不禁這樣想。

這是趙善明的娜塔莎。洪景天在心裡告訴自己。

娜塔莎給趙善明帶來了歡樂和安寧，她是一個幸運女神。美麗、善良、勤勞、生機勃勃和堅韌，她具備了太多的長處和優點，如同耀眼的閃閃發光的金子，但是，但是她仍然不是葉柔。

葉柔沒有了。所以，也沒有了莽河。這樣想的時候，他總是難過。

有一天，娜塔莎帶來了一隻船模，那是一隻古老的帆船，西方的帆船，哥倫布或者彼得大帝的帆船，很精緻，栩栩如生。她把這隻船擺在了公司的陳設臺醒目的地方。她說，「我看好多中國人的店裡都擺這個，它有好的寓意。」

是，它有好的寓意，乘風破浪，一帆風順。他們都很高興。哥倫布或者彼得大帝的船，也許，也是鄭和下西洋的船，誰知道呢？當然也不需要知道，他們只需要它的寓意，一帆風順。

當然也可能是海盜船。

誰也沒有看到一帆風順中那潛在的危險。

有一天，幾個男人走進了這幢設施完善的寫字樓，走進了他們的公司。那是兩個俄羅斯人和一個亞洲人，穿筆挺的西裝，為首那人有一把漂亮的大鬍子和天空般湛藍的眼睛。

「我們來談一筆生意。」亞洲人用中文這麼說。但聽得出來，他的中文很生硬。看來，他不一定是中國人。

業務員把他們領到了趙善明的辦公室。

「聽說你們要賣一個倉庫，某某街上的那個，我們想買下來。」亞洲人開口這麼說。

趙善明笑了，「對不起先生們，你們一定是弄錯了，那個倉庫，我們剛剛買到手，是目前我們公司唯一的倉庫，我們不賣。」

大鬍子湛藍的眼睛幾乎是帶些天真的神情望著趙善明。像看一個很有趣的東西。

「是嗎？」亞洲人點點頭，「你確定？」

「當然。」趙善明回答。

「可我們認為你們一定想賣，」亞洲人望了望大鬍子，大鬍子一聳肩，「這是筆好生意。」

趙善明不笑了，他明白三劍客遇到了麻煩。

「我不這麼認為。」他回答。

「真遺憾，」亞洲人緩緩搖頭，「我們看法不一致，一開始都會這樣，不過沒關係，我們有耐心，我們最終會達成共識的，我保證——這是我的名片，上面有我們的聯繫方式。」

他們站起身，大鬍子彬彬有禮地和趙善明握手告別，彷彿他們剛剛共同度過了一段非常美好的時光。走到門口，幾乎沒有看到任何動作，就只聽「嘩啦」一聲，擺在邊桌上的一隻青花瓷瓶應聲落地，摔成了碎片。

「哦——對不起，」他們彬彬有禮地道歉，「它太脆弱了！」

他沒有讓人清掃，他們守著一地碎瓷片坐了很久。他們三個人，默默望著在漸漸到來的暮色中如同星光一樣閃爍的滿地青瓷，想著那句如同箴言的暗示：太脆弱了！但是怎麼辦呢？躲是躲不過的，他們就如同那種一旦咬住了誰就再也不會鬆口的動物，可如果就這樣和他們達成「共識」，他們會覺得那是一生的恥辱。

「沉住氣，」最後，趙善明這樣說道，「兵來將擋，水來土掩，他們是在和我們打心理戰，我們也探探他們的底。」

「他媽的！」老蘇罵了一句粗口，「也太瞧不起人了，手段如此初級，連想個高級點的點子都不願意，當黑幫也太不敬業了吧？」

他們笑了。

兩個星期過去了，風平浪靜。

兩個星期後，這天，下了班，洪景天本來已經回到了家裡，但他突然發現傳呼機忘到了辦公室，因為怕有急事，他只得返回了寫字樓。樓裡空空蕩蕩，腳步激起很響的回聲。不知為什麼，他覺得有一絲不安和詭異。果然，一開門，打開電燈，就看到了地上的那封信。

顯然，那是從門縫中塞進來的。

他彎腰拾起來。信封很平常，是那種隨處可見的郵局裡的信封，上面一片空白。信口封著。遲疑片刻，他撕開了它。

裡面是一張A4的電腦打印紙，上面這樣寫著，

「趙：你好像在考驗我們的耐心。不錯，我們是很有耐心，這個世界太浮躁了，像我們這樣有耐心的人可不多見！但它有一個限制，它的限制是兩個星期。明天晚上，十點，在某某某街一〇八號，我們將和你本人有一次愉快的會見！我們負責任地提醒你，只是你一個人來，否則，這個女人也許會碰巧遇上一些非常不愉快的事情，也許你認識她，對嗎？」

和A4紙夾在一起的，是一張照片，娜塔莎在照片上微笑著，不知為什麼有一些迷茫。看上去比真實的她還要美。那是一種即將熟透的、響亮的美。他的手發抖了，冷汗一下子爬上了他的脊背。

他忘了自己是怎麼走出寫字樓的，傳呼機早已讓他忘在了腦後。等他漸漸清醒、鎮定下來時，他已經不知不覺走過了好幾條街道。迷離而撩亂的燈光，讓他一下子忘記了自己身在何處。他悵然地站住了，忽然聞到了河水的氣味。四月末的夜風中，他聞到了溫暖的河水的氣味。那是莫斯科河，流淌著甦醒的欲望和滾滾的回憶。他想起了艾略特的《荒原》，四月

是最殘酷的月份。

那一晚，他一個人在莫斯科河邊獨自坐到深夜。

這是一個什麼樣的「約會」呢？他思索著。假如，他們只是為了搶奪那個倉庫，用娜塔莎的生命來威脅三劍客簽約畫押就範，那麼，又有什麼必要指定讓趙一個人去一個陌生的地點呢？就在那間寫字樓裡就能完成他們需要的一切手續。何況，那座倉庫，無論位置還是其它，都不算特別理想，看不出它有什麼地方值得人為它血拚。不，不是為了倉庫，倉庫只是一個藉口，他們只是為了摧毀。文質彬彬地、文雅地摧毀，摧毀別人的成功、尊嚴、生命。

他們只是為了一個新鮮的摧毀。

四、莫斯科不相信眼淚

某某某街一〇八號，就像那些毫無創意的電影中出現的場景，是郊外一個廢棄的舊廠房，許多黑暗的罪惡，似乎都發生在這樣的地方。

巡警是在早晨發現了洪景天的屍體。他躺在廠房中央，躺在那些死掉的、鏽成一堆廢鐵的機器旁，三顆子彈，一顆射在頭顱，兩顆射在前胸心臟那個部位。奇怪的是，並沒有流太多的血。他睜著眼睛，那眼睛悲哀而迷茫，卻沒有恐懼的表情。

他留給趙善明一封信，信不長，上面這樣寫著：

哥：

假如我今晚去『赴約』沒有回來的話，你千萬不要難過，我高興這麼做。既然這是一個不能逃避的約會，我去，比你去要更合適一些。

還記得我們認識的那個夜晚嗎？那是在我的小城，狂風像狼一樣嚎叫，我們說起前生，我說我前生可能是一棵植物，一棵草藥，你就念了那首詩。你大概早已忘記那首詩了吧，可我總是記得，此生此世，至少到此刻為止，那是有人為我作的唯一的詩。我現在把它寫下來，算是一個紀念吧：

洪景天在陳年舊紙上／左邊是金銀花那蕩婦涼爽的身影／右邊是綿馬貫眾，他如同俠客般來去無蹤／爺爺，你藏匿了鐵石心腸的時光／向我講述，溫暖的療救……

那是因為我開玩笑說，我這棵草藥，這棵『洪景天』，會給你這匹狼療傷。

莽河，我的兄弟，我的詩人，再見了！真願意相信有來生，哥，有嗎？

洪景天於莫斯科

第十章　祭壇

一、和一棵樹相遇

不知道是什麼緣故，明翠的話，居然真的傳到了這公司的最高層。當然，通過層層的傳遞，到達趙善明董事長那裡的時候，已經是秋天了。

他有些驚詫。他想，是誰，這麼恨我呢？為什麼？是拆遷時的積怨嗎？他讓有關人員調出了這些年的拆遷資料，好像沒有太出格的事件發生。這更讓他困惑，為什麼，這個女人恨我入骨？

本來，生活中的八卦，他大可不必放在心上，可這一次好像有些不同，知道這世界上有一個人椎心刺骨地恨著你，詛咒著你，而你卻一點不知道那緣由，這讓他有些不寒而慄。也許，這是一個現實生活中的豫讓，她活著的目的就是向他復仇，當然，他並不怎麼擔心自己的人身安全，可那畢竟是扎進他人生中的一根刺，讓他不安。

另外，還有更重要的，他不希望有任何一點污漬傷害到他的「望海小築」，他希望它潔白無瑕，這一點，比他的性命重要。

於是，他決定找到這個人。

當然，那一點也不困難，參加看房團時，每個人都留下了自己的基本資料：地址、電話。他通過祕書聯繫到了這個叫范明翠的女人，起初，范明翠拒絕見他，後來，祕書一天一個電話地窮追不捨，於是，明翠改變了主意。

他飛到了范明翠的城市。

見面地點，約在了一個叫「津渡茶堂」的茶餐廳，祕書為他們預訂了一個包間。這個地方，是祕書精心選擇的，既不奢華到令人反感，卻又安靜、雅致，能讓客人感到自己的被尊重。他破例早早等在了那裡。不是做秀，是真的被那祕密折磨著。天灰濛濛的，城市灰濛濛的，行道樹卻很有姿態，是葉子開始變黃的銀杏。

服務員引進了他等待多時的客人。

他站起身，望著她，一個中年婦女，不，應該是老婦女，五十多歲，體態明顯開始臃腫，可皮膚看上去保養的還很好，無論怎樣回憶這也是一張陌生的面孔，從來沒有過任何糾葛的面孔，毫無意義的一張面孔。那面孔繃得很緊，像是做了拉皮手術，從上面看不出任何表情。他猶豫片刻還是沒敢貿然伸出手去，服務員拉開椅子，客人坐下來，他小心翼翼地問道，「您喝什麼茶？」

她搖搖頭。

他不知道這搖頭是什麼意思，於是，他對服務員說，「來壺普洱吧。」房間裡只剩他們兩人的時候，她開口說話了。她說，「其實，我沒有見你的理由，也沒有恨你的理由，可我就是——恨你。」

她的話，更是讓他一頭霧水，「為什麼？」他不禁問。

她深深地看了他一眼，那是解凍的一眼。她突然嘆息一聲，從自己隨身的手袋裡，掏出一樣東西，一個信封，很舊的信封，她把這信封放在了茶桌上，說，「看看這個。」

他狐疑地拿起來，只見信封上寫著：寫給小船。是早已褪色的鋼筆字，是如今很難再看到的鋼筆字，筆跡清秀，婉轉，小家碧玉。只聽對面的女人說道，「你打開來看看……」

於是，他看了。

上帝讓他看見了，這封母親寫給兒子的信。

「小船，我的孩子：這是媽媽寫給你的第一封信。你吃飽了我的奶，睡熟了，我用相機拍下了你心滿意足的睡相，你睡著了的時候，沉靜的像個女孩子……」

……

他驚駭萬分地從信紙上抬起了臉，他的聲音在哆嗦，「這，這到底是怎麼回事？怎麼回事？我從來，從來也不認識這個女人哪！」

他驚駭，卻又有一種說不出的震動，明翠望著他，突然問道，「有菸嗎？」他哆嗦著從自己的口袋裡摸出了一包駱駝，說，「這個行嗎？」這倒讓明翠驚詫了，她沒想到一個腦滿腸肥的房地產商居然抽的是美國工人階級的香菸。她點點頭，說，「來一枝。」她知道那菸很烈。

頓時，這間雅致的新古典風格的茶室裡，瀰漫起了嗆人的、濃烈的、異香異氣的煙霧。在煙霧的遮蔽下，她一五一十講出了那個故事。陳香的故事。那個年代的故事。小船的故事。隔了這麼多年，這麼遼闊的時光，那一切，仍舊清晰得就像是昨天發生的事。她講得很安靜，很平靜，沒有渲染，水波不興，茶涼了，水冷了，菸灰缸裡菸蒂卻在增多，兩個、四個……她覺得就像是在做夢，居然可以對著這個人講出這一切。生活還是仁慈的，她想。這樣想著的時候她眼裡慢慢湧上來淚水。

「小船死後，陳香一滴眼淚也沒有掉，她只是不停地給小船寫信，寫一封，拿到十字街口去燒一封。不停地寫，不停地燒，不停地寫，不停地燒……我們都不知道她寫點什麼，她就那麼白天黑夜不吃不喝地寫個沒完，燒個沒完。大家都很害怕，我急了，我衝到她面前對她說，我說，陳香你別白費心機了，小船根本不識字，他——看——不——懂！我這麼一吼，把她吼醒了，她突然望著我慘叫一聲，昏了過去……你說，我為什麼不恨你？」她望著他，突然說不下去了。

原來是這樣，他想。原來是這樣啊。這是一個什麼樣的女人哪！他在毫不知情的情狀下居然改寫了這樣一個女人的一生。他重新打開了那封信，懷著凜然的感動細細地讀完了它，當讀到結尾那幾句：「假如，你走在一條鄉野間的大路上，如洗的藍天下，金黃的楊樹，或者，銀杏樹，與你突然遭遇，那時，你會被這種純粹的輝煌的美所深深打動，並且，你會理解，為什麼有的人終其一生要走在這樣的路上，就像你的生身父親。」他一陣眼熱鼻酸，儘管陰差陽錯，可那正是他青春時代的理想，是他曾經嚮往的人生。他讀著它們，就像在和另一個自己會晤。

也是在會晤一個知己。紅顏知己。

「她，這個陳香，她現在在哪兒？」許久，他抬起臉問對面的女人。

明翠笑了，那是一個諷刺的譏笑，「我為什麼要告訴你呢？你是誰？趙董還是趙總？」

二、強迫症

很久以前，當陳香還是一個「大一」的學生時，她就聽說了那個詞：強迫症。是從一個學姐那裡知道的。說是學姐，其實和她同班，只是年齡要比她大許多，經歷複雜坎坷，曾經在雲南插隊，做過赤腳醫生，還差點偷越國境跑到越南去參加游擊隊，總之，是一個有很多故事的女人。

陳香認識她的時候，她就染上那個毛病了，喜歡揀菸頭。她並不吸菸，可是只要一看到地上的菸頭她忍不住就要彎腰把它揀起來。她隨身帶一個裝藥的小紙盒，裡面都是她的戰果。揀滿了，她就把它們戀戀不捨地丟進垃圾箱，然後再揀。不管在什麼地方，校園裡，還是馬路上，或者繁華的鬧市街頭，只要看見一個菸頭，她如果不揀起來就和發毒癮一樣難受。她並不是後來的環保主義者，也不是為了維護公共衛生，除了菸頭，掉在地上的任何東西她一樣也不碰。她很漂亮，臉上常常有一種夢幻的神情，可她就是揀菸頭。

起初，陳香並不認為事情怎樣嚴重，直到有一天，她們兩人在校園裡散步，走著走著，學姐站住了，說，「不行，我得在這兒等一等。」

「等什麼？」陳香問。

原來，就在這條小徑上，有只菸頭被人的腳踩住了，那只腳的主人她們都認識，是她們的系主任，老先生正站在路邊和另一個老師說話。那天，陳香終於看出了學姐的不正常，她拉著陳香站在不遠處的樹叢後，兩眼炯炯地盯著先生的腳下，就像一個捕獵者。等到她終於有機會出擊把那只菸頭俘獲之後，她已是兩掌心的汗水。她久久盯著手中骯髒的、被踩癟的菸頭，對陳香這樣說，「對不起，我沒辦法，我管不住自己，這是強迫症。」

那時，年輕的、陽光燦爛的陳香不知道，有一天，「強迫症」這隻魔獸也會俘獲自己。

那是一個星期天，秋高氣爽。陳香一個人出門買東西。她買了一些吃的、用的，大包小包，提在手中，走累了，就坐下來歇腳。那剛好是一個社區的小廣場，有一些綠地和木椅，有一些簡單的孩子們的遊樂設施。她坐在一只木椅上，靜靜地曬太陽，想心事。忽然，身邊傳來一個奶聲奶氣的聲音，聲音說道，

「阿姨，阿姨，你推推我。」

她回頭，看見了一架小秋千，看見了坐在秋千上的孩子。一個男孩兒，三四歲的樣子，

仰著小臉兒，朝她微笑，清澈的眼睛映著藍天，就像天使的眼睛。剎那間，陳香以為是在做夢。

「寶貝，是叫我嗎？」她輕輕問。

「阿姨，你能推推我嗎？」孩子請求地望著她。

「當然能。」她回答。站起身，走到孩子身後，抓住秋千的繩索，退後幾步，輕輕一推，秋千盪了起來。

「哦——」孩子笑了，「謝謝阿姨！」

她推著，一下，一下，秋千漸漸盪的高起來，孩子興奮地尖叫。他一點兒也沒有看見身後那個阿姨臉上流淌的淚水。陳香自己也不知道，她微笑著，淚水卻止也止不住。她推得小心翼翼，就像在推一個夢幻。真幸福啊，她覺得自己在飛翔。終於，孩子在秋千上叫道，「阿姨，行了，讓我下來！」

她像被驚醒了似的，住了手，秋千盪了兩下，她抓住了繩索，讓秋千停下，然後，她繞到前面，抱起了孩子，她聽見自己說，「寶貝，我們回家吧……」

「不，」孩子望著她，天使般的眼睛，沒有一絲陰影和雲翳，「我要在這兒等祝媛媛。」

就在這時，一個年輕的、保姆樣的姑娘飛奔了過來，一把從陳香懷裡搶過了男孩兒，

「一鳴，你怎麼一個人跑這裡來了？你要嚇死我啊？」說著，她瞟了旁邊的陳香一眼，「壞人要是把你拐走賣掉怎麼辦？」

「你才是壞人，」男孩兒氣呼呼地說道，「你不帶我找媛媛！」

「跟你說了多少遍，祝媛媛回她姥姥家了呀……」姑娘抱著男孩兒，一邊走，一邊嘮嘮叨叨。

這時，陳香才發現自己出了一後背的冷汗。

就在剛才，剛才那一剎那，天，陳香，你差點兒幹了什麼？你要幹什麼？她突然像打擺子一樣劇烈地顫抖起來，抖得站也站不住。她掙扎地坐在了秋千架上，明鏡高懸的太陽，突然讓她覺得無處躲藏。她用雙手捂住了臉，好像這樣她就可以不必去面對所有可怕的事。

但那僅僅是一個開始。

她控制不住那欲望。走在街上，只要看見孩子，男孩兒，三四歲或者更小，她就有一種強烈的衝動，抱起他。讓那小小的清香的身體，那親愛的溫暖的血肉，緊貼在她懷中，聽她告訴他一些事情，聽她說一些話。她太想、太想說那些話了……她不能確定接下來她會做什麼，她沒有想過。任何時間，任何地點，只要她面前一出現這樣的小男孩兒，她的眼睛，就再也看不見別的東西，世界就變成了這樣一個小男孩兒的模樣。她只有一個願望，衝上去，抱起他回家。

強迫症。

她想起了這個字眼。

可她想揀起的，畢竟不是一只菸頭。假如只是想彎腰揀起菸頭，是多麼慶幸啊！她要「揀」的，是人家的孩子！

她不敢上街，不敢進商店，更不敢進公園、遊樂場這樣的地方，可她畢竟要上班，下班，要買菜做飯，她總有走在路上的時候，總有和一個孩子相遇的時候。那樣的時刻，她就把兩手緊緊握成拳頭，讓指甲掐進肉裡，等他蹦著、跳著、笑著或是蹣蹣跚跚地走過去，然後，她就如同虛脫了一樣大汗淋漓，就像一個犯了毒癮的癮君子。

她突然渴望寺廟。寺廟或者教堂。她想起那些靜靜燃燒的香火或是蠟燭，人用這樣的方式向神明傾訴自己的心事。可是，這是一座沒有寺廟也沒有教堂的城市，這個新興的城市是座無神的城。這想法讓她發狂，某個星期天，她開始在這城市狂走，想尋找神的蹤跡，她像一隻撞進網中的傻鳥一樣滿城亂轉，從一條街走到另一條街。終於，她絕望了，就在她放棄了尋找的那一剎那，她看見了路邊那個孩子，小男孩兒，三歲也許四歲，很白，很乾淨，很夢幻。她嘆息一聲走上前，彎腰抱起他，對他說道，

「寶貝，回家吧！」

那是一個冰淇淋店，孩子站在那裡，身邊就是他的媽媽，她正在給兒子買草莓冰淇淋。

頓時，她的尖叫聲響徹了半條馬路，壓倒了嘈雜的汽車聲和市井的聲音。她尖叫著喊道，

「瘋子！還我的孩子——」

三、靈魂的味道

不知從什麼時候開始，他們，明翠和老周之間，變得疏遠了。也許就是在得知了他和馬梅龍「扯」證的時候，也許更早一些。儘管扯證時老周和馬梅龍沒有聲張，可世上哪有不透風的牆？明翠知道這消息的時候，非常難過。雖然她沒有任何難過的理由，可她就是難過得要死。那天，她把自己灌醉了。

然後，她和老周，昔日最好的朋友，兄長，變成了陌路人。

不久馬梅龍就出國了。明翠一點都不意外。馬梅龍這樣的人，是需要大海的，他們這個臉盆一樣的內陸城市裝不下她人生的抱負。馬梅龍走後，老周一個人獨往獨來，有幾次，明翠的丈夫想把他叫到家裡來吃頓飯，但是明翠堅決不答應。明翠說，我為什麼要招待馬梅龍的老公？她丈夫要是再多說一句，比如，強調一下畢竟是老朋友之類的話，明翠會惡狠狠地回答道，

「知道你們會惺惺相惜，男人沒他媽一個好東西！」

後來，就聽說老周也準備出國了，辦陪讀，那已經是在兩年之後，馬梅龍拿到了碩士的學位。說是陪讀，其實馬梅龍在那邊已經為老周聯繫了學校。可明翠知道，老周的英語，是怎樣一個程度。這大概也是他只能用「陪讀」這辦法出國的原因。聽人說，老周這兩年一直在上各種英語的輔導班，「新概念」、「托福」，等等。也許他的英語有突飛猛進的飛躍，可是，她仍然懷疑他是否能夠用它來思想。

可她為什麼要關心這個呢？他就是後半輩子混唐人街中國城又與她何干？

他們並不是不見面，同在一個系裡，雖然不在一個教研室，課時也不同，可畢竟系裡還是有例會，有一些必不可少的活動。有時，在圖書館、在資料室，也總有碰面的時候。老周會向她點點頭。可她無動於衷。久而久之，老周也就不點頭了。他們對面相逢，老周寧可遠遠把頭低下也不願做虛偽的禮貌狀：他永遠做不到對明翠像對隨便什麼人一樣寒暄。

也許，明翠也一樣。

於是，就只好沉默。

有一天，明翠在廚房做飯，門鈴響了，她去開門，意外地看到，門口站著的，竟然是老周。老周不是一個人，他抱著明翠的兒子小壯。明翠大吃一驚，

「怎麼回事？天，小壯你怎麼啦？」

「沒事沒事，你別急，小壯只是把腿磕破了，」老周回答，「我剛好路過，孩子們在校園裡踢球，小壯摔倒了，磕破了膝蓋——」

小壯一隻膝蓋上，包了潔白的紗布。

「我帶他到學校醫務室處理了一下。」老周說。

明翠心慌意亂伸手去接兒子，但小壯自己下來了，一隻腳跳著，站到了媽媽旁邊。老周拍拍他腦袋，沒說什麼，轉身離去。明翠看著他下樓，也沒說話。突然小壯衝著老周的背影喊了一聲，「謝謝伯伯——」

老周停了一下腳步，回頭對他溫暖地一笑。

明翠心裡一酸。

「老周——」她衝著他後背喊了一聲。他又一次站住了，回過頭來，「聽說你要去美國了？」明翠這樣問道，「你英語行嗎？」

到底是、到底是老朋友，老周想。

「不怎麼行，」他回答，「可是我得走，這裡太難過了……」

只有對明翠，他才能這麼說，才能吐露他的傷心：他們曾經一起經歷過最可怕最黑暗絕望的時刻。別人都以為他是多麼興高采烈奔赴新大陸。他辦了留職停薪的手續，辦手續的人打賭他不會再回來，說，「又不是傻叉。」

幾個月的忙亂之後，終於，要走了。馬梅龍寄來了一張單程的機票，從北京飛抵芝加哥。拿著那張機票，他心裡一陣空虛。他的手甚至在微微顫抖。芝加哥，地圖上的一個城市，小說中電影中的一個城市，從前，黑奴們在藍調的歌聲中嚮往的一個城市，竟會和他的人生發生關係嗎？

一切就緒之後，只剩下了最後一件事，他帶著五奎坐上了開往小城的火車。他們要去和小船辭別。

仍然是從前那趟列車，那趟逢站必停的慢客。他拎著一只旅行袋，五奎就躺在那裡。他特地給五奎洗了澡，讓它看起來潔白、精神。他一邊在浴缸裡給五奎洗澡一邊和它說話，他說，「我說，別不高興，我知道你不愛洗澡，可是咱們要去看哥哥了。哥哥看見你這個髒樣子，會很難過……」他突然說不下去了。

沒人的時候，他會和五奎說話，就像當年的小船一樣。

列車進站後，他拎著五奎下車。他沒有進城，而是直奔城外小船的墓地。夏末的季節，北方田野裡有一種蓬勃的即將熟透的氣息，蒸騰著，玉米就要收割了，向日葵就要飽滿了，紅棗就要墜枝了，那蒸騰的蓬勃中孕育著哀傷。他沉默地走在一條黃土路上，天空藍的耀眼。手中的旅行袋裡，除了五奎，還有許多零食，是小船愛吃的巧克力和蛋糕之類，也有他從沒吃過的東西，那些新興的美食，果凍、薯片，等等。墓地在一片小山坡上，拐過彎就會看見它。現在，他拐過彎了，他看見那座小小的墳包了，在夏末的陽光下，它是那麼孤獨，那麼靜謐。「小船，爸爸來了……」他心裡這麼說。有一刻他好像看見小船張著雙臂無聲向他跑來，就像從前，在那條狹窄的小巷裡。沒有小船，但是有別人。

他看見了陳香。

是陳香。

消瘦、憔悴、蒼老，但眼睛裡有驚喜。她驚喜地、意外地望著彷彿從天而降的老周。老周也意外地、驚喜地望著她。有一瞬間，他問自己，這不是夢吧？但這不是，他清晰地聞到了空氣中飄蕩著的她靈魂的味道，就如同某種特別的、獨一無二的植物。

他們就這樣望了很久。

陳香先開口說話了，陳香說道，

「你好嗎？」

「我不好，」他老實地回答，「很不好。」

「我也不好。」她安靜地說。

我知道你不好。他想。你怎麼會好？這樣想的時候，他心裡很疼。

「聽明翠說，你要去美國了，是嗎？」陳香望著他微笑。

「是，」他回答，「我帶五奎來跟小船告個別。」他一邊說，一邊把旅行袋放在地上，從裡面，抱出了五奎。

「五奎！」她驚喜地叫了一聲，「好久不見了，讓我抱抱它——真想它呀！」她朝著五奎伸出了手。

她把五奎抱在懷裡，潔白的五奎，永遠不死的五奎，穿著那件不合身的、皺巴巴的小衣服，她親手做的衣服，瞪著兩隻小黑眼睛，深奧地望著她。她把它貼在胸前，就像緊緊抱著一個真正的、和她骨肉相連的鮮活的小生命，芳香四溢的小生命，眼淚奪眶而出。

她哭了。

四、答應我一件事

四周一片蟲鳴鳥唱。從這片山坡上，遠遠地，可以看見那條流向黃河的北方的河流，儘管它衰老了，萎縮了，可陽光下它仍然蜿蜒著，不動聲色地明亮。

他們坐在小船的墳前，陳香抱著五奎，一家人，就這樣團聚了。莊稼飽滿的香氣，糧食和果實沉甸甸的香氣，讓他們安心。

終於，老周想起了什麼，他問道，「陳香，你怎麼會在這裡？又不是節假日，你怎麼回來了？」

陳香微微一笑。

「我的事，你沒有聽說？」她反問。

「什麼事？」老周真的不知道，可他一下子緊張起來。

她瞇了瞇眼睛，好像，陽光晃痛了它們。突然之間，她開了口，她說，「你知道強迫症嗎？有的人，一天到晚，不停地洗手，有的人，忍不住總是揀菸頭？」她並不看他，越過玉米田，她望著那條明亮的不動聲色的老河，就這樣安靜地講起來。一五一十，從推秋千，一直講到那個可怕的、難堪的結局：在大街上抱走人家的孩子……

「那個媽媽當時都快瘋了，罵我瘋子，人們把我送到了派出所，當我是人販子，」她又笑笑，「後來，我住了一段醫院，醫生說我血清素太低，血清素低，意思就是說，你是一個憂鬱症病人，我都糊塗了。」

她更緊地抱住了小五奎，用她的面頰，輕輕蹭它毛絨絨的耳朵，那樣子，酷似一個人，他們太相像了，她和她的的兒子。

「陳香，你沒病，你只是太想小船了。」老周輕輕說。

「是，」她點點頭，「我知道。」

「結婚吧，」他突如其來地這麼說，「結婚，再生一個孩子……」

「不。」她搖搖頭，「永遠不。」

「為什麼？」

「我在那個繁華的南方都城，走遍大街小巷，想找一座寺廟，或者教堂，可是我找不到，」她望著他，望了差不多一分鐘，「我想說出那個祕密，一個祕密……」

可能是錯覺，這一刻，他隱約聽到了東寺白塔上細碎的風鈴。

「我差一點就親手殺死我的孩子——」

老周一把把她攬在懷中，緊緊摟住她細瘦的、苦難深重的肩膀，她終於、終於說出這句話了，不是對神，而是對一個親人。「陳香，陳香——」老周哽咽著，說不出話。

「你知道，是吧？你早就猜出來了，對不對？」陳香這麼說，眼淚安靜地從她眼睛裡流出來，「你說，我怎麼還能像什麼都沒發生過一樣，結婚，當另一個孩子的媽媽？我要是能那樣，能那麼坦然地去生活，我還是人嗎？」

這就是陳香，老周心疼地想。她永遠對自己這麼嚴厲，這麼無情。她生來是生活這祭壇上的犧牲。這是沒辦法的啊。

「我想明白了，」陳香用手背抹了一把眼淚，但是，更多的淚水，從那雙美如深淵的眼睛裡慢慢流出來，「人，得為自己的罪孽負責，哪怕是一剎那的惡念……」

細碎的聲響，若隱若現，一會兒清晰，一會兒又消失不見。也許，那是白塔上的風鈴，也許，是鴿哨，也許，它不屬於塵世，它來自湛藍的天空，是天國的密語。不管那是什麼，就在這一刻，老周決定了一件事。

他決定，留下。

對不起，馬梅龍，對不起，對不起，我失約了。

再見，美國。再見，美麗的密西西比。再見，孤獨的聯合收割機、海洋般的玉米田、草地上的派對、還有，芝加哥和藍調，所有這一切，再見。

他就在這片自己的土地上，和一個倍受折磨的女人，經歷應該經歷的一切。

「哥，」陳香突然像從前那樣叫了他一聲，「你要答應我一件事。」

「你說。」他回答。

「去美國，去找你妻子，」她掙開了他的懷抱，扭臉望著他，「千萬不要因為我改變什麼，那只會讓我罪孽更深……我知道你在想什麼，我知道你——在乎我，假如你真的在乎我，那就不要讓我再添新罪，那就不要傷害馬梅龍，她一定是千辛萬苦地在等你，哥，你不能言而無信！」

這個冰雪聰明的陳香啊，他震撼了。然後，他想起了天壇，想起了回音壁前他們的誓約，突然心痛如割。

「哥，我揹我的十字架，你揹你的——」

「陳香！」他一下子淚如泉湧，他捧起她的臉，親她，長久地親，恨不能將她吸進自己身體裡，只有這樣，他才可能帶她遠走天涯。

「哥，還有一件事，」陳香望著他的淚眼這麼說道，「將來，你們如果有了孩子，不管是男是女，能不能都叫——小船？」

尾聲：仁者愛山

北方，某山區，一個新的希望小學建成剪綵。那是個很深的深山裡的村莊，從前，只有一條羊腸小路通向山外，交通十分不便。後來，有了這條公路，村裡的年輕人沿著這條路走出了山外，去外面的世界闖蕩、懷著夢想打工掙錢，漸漸地，村莊裡剩下的大多都是孩子和老人。

某房地產公司援建的這所希望小學，很漂亮，也很結實。整體澆築的結構，外牆採用了本地取材的青石料，和這大山、和這乾淨的天空、和村莊的其他建築十分吻合。除了主教學樓，還附帶了配樓，用來做學生公寓和教工宿舍。剪綵這天，很熱鬧，市裡、縣裡都來了人，還有媒體，公司來了最高首腦。熱鬧過後，嘉賓們星散了，這公司的老總卻提出了要求，說是想在山裡留宿一晚。他說他喜歡這山裡的空氣。

就留下來了。

秋天，正是山裡最美麗的季節，闊葉的樹、針葉的樹，都變了顏色，四顧一望，層林盡染，淺黃、橙黃、明黃、還有火焰般的紅，把秋山渲染的如夢境般輝煌斑斕。叫不出名字的野草，有許多結出了小小的果實，顆顆如同豔麗的瑪瑙粒，在微風中擺盪。空氣是香的。

「真美——」老總站在山坡前慨歎。

女校長陪同著他，她聽慣了外來者這樣浮光掠影的感慨，笑笑，沒有說話。她在想著更現實的事，今天晚上，怎樣安排這位貴賓的下榻之處。新建成的學生公寓和教師宿舍還沒有啟用，裡面還都是四壁空空的空屋。

「趙總，」她遲疑地叫了他一聲，「村裡有一對剛剛結婚的小夫妻，一結婚就結伴出去打工了，他們的洞房是新石窯，空著，我讓人給您收拾出來，今晚，您住哪裡，您看行不行？」

趙總，趙善明回答說，「校長，不用麻煩人家，我就住學生公寓，我打地鋪就行——就當是給新校舍暖房了。」

「那哪行！」女校長著急了，「山裡的秋天，到晚上，很涼的。這樣吧，學校裡還有間窯洞，空著，是給志願者準備的，您要是不介意的話，我這就讓人去打掃出來，生上炕火。」

「行，這樣就好，給你添麻煩了，真不好意思——先說好，晚飯你千萬別張羅，你給你那些留守孩子們吃什麼，我就吃什麼。校長，我——」他笑了，「說句粗話，我還不那麼太裝丫！」

這話，把女校長逗笑了。

太陽墜落了，黃昏來臨了，鳥鳴聲突然變得響亮，孩子們吃完了晚飯，在學校空場地上跑著、鬧著、跳著。他們的爸爸媽媽都在遠方的城市裡打工，現在，學校就是他們的家。

伙房被臨時布置成了餐廳，兩張課桌拼在一起，變成了一張長桌。上面，蒙上了一塊當地老鄉手織的土布做桌布，一把結著紅果實的野草，頗有幾分姿態地插在一只玻璃水杯裡，裊裊娜娜，點綴著餐桌的氣氛。餐桌上，金黃的小米粥、煮好的老玉米和南瓜、用蔥花爆炒出來的山藥蛋「布爛子」、真正的笨雞蛋攤出的雞蛋餅……每一樣都是最平常的材質，可是每一樣，都誠心誠意。面對著這樣一張餐桌，客人突然十分感動。

「校長，你，謝謝你了。」

「您怎麼這麼說？我們應該謝您……這麼好的新校舍蓋起來了，這方圓幾十里、百里的孩子們，都會受益。趙總，謝謝您！」女校長邊說邊斟滿了酒杯，那酒，也是本地的白酒，「我敬您一杯！」說著，她端起一杯一飲而盡。

客人也端起來一飲而盡。

「校長，聽說你本來是來山裡支教的志願者，怎麼就留下來了？」他借著酒勁突然這麼問。

「我喜歡這兒。」她回答，「還有這兒的孩子。」

「是嗎？」

「當然是。」她望著他。

他們相互對望了一會兒。他笑了。

「仁者愛山，智者愛水，看來你是仁者。」他說。

「我猜，你大概愛水，對不對？」她也笑了，舉起了酒杯，「智者，乾一杯。」

他們乾了。

他放下了酒杯，望著她，燈下的她，突然說道，「我從前是個詩人。」

她微微一笑，「是嗎？從前，我也很愛詩。」

「我想說的是，我從前是個詩人，可我大概從來沒有愛過詩。」他說。

「為什麼這麼說？」她回答。

「愛一樣東西，愛到極至，其實很殘酷。我有一個最好的朋友，兄弟，他是我見過的最愛詩的一個人，愛詩，是他人生的使命……後來，我又聽說了一個故事，原來，愛一樣東西，真的是慘烈的，對吧？」他望著她。

「你問我？」

「對。」

她笑笑，「美的東西都很殘酷。」

就在這時，門外突然有人喊，「趙總！趙總！」門簾一掀，兩個男人前後腳進來，原來是這村裡的村長和書記，他們是來請貴客去吃酒的，「趙總啊，走走走，那邊都準備好了，一桌人都等著呢！山裡沒有好茶飯，可也不能怠慢貴客！賞個臉，不去？不去可就是看不起我們山裡人啊——」他們連說帶拽，客人根本沒有招架的餘地，一陣風似的，他們席捲他而去。

如畫的餐桌旁，只剩下了女主人。

深夜，幾個人把他送回了學校，他醉了，他的司機扶著他，架著他，走的東倒西歪。她一直在等他，臨時收拾出來的那間「客房」，此刻，窗明几淨。炕燒得很暖，被褥也都是在太陽下曬出了香味的被褥。那瓶野趣盎然的小野果，擺在了房間醒目的地方，給這樸實無華的窯洞平添了幾分柔情和姿色。他們扶他進來，讓他躺下，他說，「我沒醉——」然後他在一群人，一群閒人後面看見了她，女主人，他衝她一笑，說道，「我從前是個詩人——」話音沒落，他「哇——」一聲吐了。

第二天早晨，太陽剛剛升起的時候，他要出發了。山裡的早晨，有一種神祕的寧靜，山嵐若隱若現，如同山的隱衷。四面山坡上，每一棵樹都沉默著，那沉默很堅韌，而鳥鳴聲則鋪天蓋地。他的賓士越野車停在學校的空場上，她帶著她的學生來給他送行。

「不好意思，昨晚讓你看笑話了。」他對她說。

「誰沒有醉過？」她回答，「我也有。」

他望著她，千言萬語，湧動著，卻一句也沒有說出。一句也沒有機會說出。他知道，是她不給他機會，她那張波瀾不驚的、平靜的、受盡磨難的臉，滄桑的臉，不給他機會。他笑著，向她伸出手，心裡卻覺得憂傷和悵然。

他說，「再見！」

她握住了他的手，說，「再見！」

他打開車門，向她，向孩子們揮手，就在這時，孩子們，她的學生們，突然間，用清脆的、天籟般的童聲，鳥鳴般的童聲，齊聲朗誦起來：

「也許，我是天地的棄兒，

也許，黃河是我的父親——」

他驚呆了。

這久違的、這石破天驚的聲音，這重如千鈞的禮物，讓他震撼。

「也許，我母親分娩時流出的血是黃的

它們流淌至今，這就是高原上所有河流的起源……」

他尋找著她的眼睛，他看到了那裡面的淚光。被陽光照耀著的、美如霞光的淚光。他知道不需要再說什麼了，他乘車而去，淚流滿面，把他純真的青春時代留在了黃塵滾滾的身後，留給了陳香。

二〇一〇年四月二十六日一稿於北京
二〇一〇年八月十八日二稿於北京

國家圖書館出版品預行編目資料

行走的年代 / 蔣韻著.-- 初版. -- 臺北市 : 麥田, 城邦文化出版 : 家庭傳媒城邦分公司發行, 民101.03
面； 公分. -- (麥田文學. 當代小說家. II ; 253)

ISBN 978-986-173-740-9(平裝)

857.7 101001757

麥田文學．當代小說家II 253

行走的年代

作　　者　蔣　韻
責任編輯　林秀梅　林怡君
校　　對　洪禎璐　莊文松

副總編輯　林秀梅
編輯總監　劉麗真
總 經 理　陳逸瑛
發 行 人　涂玉雲

出　　版　麥田出版
城邦文化事業股份有限公司
104台北市中山區民生東路二段141號5樓
電話：（886）2-2500-7696 傳真：（886）2-2500-1966、2500-1967
部落格：http://blog.pixnet.net/ryefield
發　　行　英屬蓋曼群島商家庭傳媒股份有限公司城邦分公司
104台北市中山區民生東路二段141號11樓
書虫客服服務專線：(886)2-2500-7718；2500-7719
24小時傳真服務：(886)2-2500-1990；2500-1991
服務時間：週一至週五09:30-12:00；13:30-17:00
郵撥帳號：19863813 戶名：書虫股份有限公司
讀者服務信箱E-mail：service@readingclub.com.tw
歡迎光臨城邦讀書花園 網址：www.cite.com.tw

香港發行所　城邦（香港）出版集團有限公司
香港灣仔駱克道193號東超商業中心1樓
電話：(852)2508-6231 傳真：(852)2578-9337
E-mail：hkcite@biznetvigator.com

馬新發行所　城邦（馬新）出版集團【Cite (M) Sdn. Bhd. (458372U)】
11, Jalan 30D / 146, Desa Tasik, Sungai Besi,
57000 Kuala Lumpur, Malaysia.
電話：(603)9056-3833 傳真：(603)9056-2833

印　　刷　前進彩藝有限公司

初版一刷　2012年(民101) 3月

定價／320元
ISBN：978-986-173-740-9

城邦讀書花園
www.cite.com.tw